*À Violette.*

*À Violette.*

Acteur et humoriste né en 1963, Stéphane Guillon est également chroniqueur et portraitiste. Il est célèbre pour ses interventions dans l'émission « 20 h 10 pétantes », de 2003 à 2006. Il anime actuellement une chronique humoristique quotidienne sur France Inter, « L'humeur de… ».

DU MÊME AUTEUR

Jusque-là... tout allait bien !
*Canal +, 2005*

*« Rien ne vous isole plus que de tendre la main fraternelle de l'humour à ceux qui, à cet égard, sont plus manchots que les pingouins. »*

Romain Gary

# LES MAUVAIS COUCHEURS

## AMIRA CASAR

*Amira fait partie de cette catégorie d'invités qui nous abreuvent régulièrement d'informations palpitantes sur leur quotidien. Tel Julien Clerc, qui récemment, dans le magazine* Elle, *déclarait manger du muesli au petit déj' et boire du thé. Sachez aussi que depuis qu'il a vendu sa jument préférée, Julien délaisse l'équitation pour la natation. Là, le suspense devient total, le lecteur s'interroge : si Julien se débarrasse de son maillot de bain, abandonnera-t-il aussi ses activités nautiques ? À la différence de Julien, Amira ajoute à ses déclarations un petit zeste de simplicité qui nous enchante : « Ainsi, quand elle a le cafard, elle adore louer un vélo en Toscane et s'arrêter boire une limonade glacée chez Angelo dans une petite robe à pois siglée Prada ! » J'avais tourné avec Amira Casar dans le film d'Anne Fontaine :* Comment j'ai tué mon père. *Pour le bourreau, connaître sa victime est une difficulté supplémentaire. Ne pas l'épargner, ne pas la pilonner non plus : « Comme on est potes, pour pas que ça se voie, j'ai mis les bouchées doubles ! » Pour Amira, je l'avoue, j'ai privilégié l'option deux : le pilonnage.*

*Non pour masquer une quelconque camaraderie, mais pour des raisons plus simples : une sorte d'agacement, comment vous expliquer ? Quand miss Casar ouvre la bouche, j'ai l'impression de porter un pull avec l'étiquette qui me gratte.*

Amira Casar : fille d'une cantatrice russe, père kurde, passeport irlandais, née à Londres… Comptez trois heures pour passer la douane. Hobbies : équitation en amazone et saut d'obstacle. Saut d'obstacle en amazone… au premier passage, le cul de la cavalière touche le sol. Adore la Foire du Trône, « J'attends mai avec impatience ». Vous pourriez tenir un stand, miss Casar saute en amazone, ça ferait rire les enfants. Vous aimez la citronnade, les raquettes en bois, l'imper, l'errance… *(Faire le geste qu'elle fume.)* Peut-être aussi le cannabis ? « Je vois le Christ comme un héros romantique qui provoque un tremblement érotique dans les églises. » Aucune aventure avec Jean-Michel Jarre, précisons-le. Vous auriez pu partager une camisole avec Adjani. École de théâtre, défilé. « J'ai été mannequin pour être regardée. » Taille 1,68 mètre. Fallait pas vous placer en tête de cortège, surtout pas derrière Adriana Karembeu.

Cinéma, allons à l'essentiel : *Anatomie de l'Enfer* de Catherine Breillat avec Rocco Siffredi, un vrai pur-sang. Craint dans le milieu hippique, les chevaux sont jaloux, les juments sont en transe. Légère appréhension : « Au départ, j'y allais à reculons. » *(Un temps.)* Peut-être pas la meilleure technique face à Rocco. « Le premier jour, je n'osais pas le regarder dans les yeux. » En même temps, peu d'actrices ont regardé Rocco dans les yeux. Durée du tournage : dix-neuf jours. Siffredi fait cinquante films en dix-neuf jours. Là, il regardait sa montre. *(Geste de lire l'heure.)* « C'est ma bite ? Ah non, c'est mon bras. » Papier classe, vous avez eu une éducation britannique, j'ai mis les petits plats dans les grands. Pour les scènes de sexe, vous étiez doublée. Contrairement à Belmondo qui a toujours fait ses cascades lui-même. C'était une clause du contrat : « Pas d'entrailles, pas d'orifices. » Pauvre Rocco, une jolie fille qui arrive avec un contrat : « Pas d'entrailles, pas d'orifices… Dialogues seulement ! » Lui qui ne connaît qu'une phrase en français : « Tu la sens, tu la sens bien ? » Et vous qui deviez l'exciter comme un dingue : « Je fais du saut d'obstacle en amazone ! » Ça a dû être terrible. Une scène culte. Vous lui faites boire une infusion avec votre Tampax. Vieux remède des Carpates… Dès qu'un vampire a une bronchite, c'est *la* solution.

Finissons par votre actu, Amira. Entre deux défilés et des courses au Bon Marché, vous avez une activité. Vous êtes invitée au Festival « Paris Cinéma ». Ne pas y aller en string avec un drapeau arc-en-ciel, ce n'est pas « Paris Plage ». Ouverture des portes le 29 juin. Si vous y allez en voiture, avec les nouveaux travaux de Delanoë, pour une séance à 14 heures, partir le 26 au matin. Je vous laisse, Amira. Vous rentrez en taxi… En amazone. Les jambes restent à l'extérieur du véhicule, pendent par la vitre. Toujours très élégante, miss Casar.

*Autant vous dire que le papier s'est très mal passé. Résumer la carrière d'Amira Casar à une prestation chorégraphique avec le bel étalon transalpin, je l'avais un peu cherché. Sa réaction fut terrible : depuis le film d'Anne Fontaine, mon âme avait régressé, je me commettais, aujourd'hui, à la télévision, cet art mineur ! Alors qu'elle, au contraire, s'était élevée. Pan sur le bec ! Pour bien me mettre le nez dans mon caca, elle me cita une kyrielle de cinéastes avant-gardistes croates avec lesquels elle avait tourné. Ce jour-là, j'ai regretté amèrement de ne jamais avoir été chez Angelo boire une limonade. Pauvre connard snob qui, en cas de cafard, fait un baby-foot chez Dédé ! S'ensuivit un éloge de Rocco Siffredi qui, je cite, « respecte les femmes, lui, au moins ! ». Quand Juliette Arnaud, chroniqueuse sur l'émission, lui objecta, poliment, que Rocco était plutôt réputé pour sa grande violence envers les filles dans le milieu pornographique, Amira lui fit un doigt d'honneur. Pourquoi un doigt ? Tout simplement, et ce serait bien de lire les bios des invités, ça me mâcherait le travail, parce que Amira a grandi dans une pension anglaise du meilleur goût. D'où le choix très sûr de ses robes, la qualité de ses crèmes de nuit et les limonades toscanes…*

*PS : Alors que je viens tout juste d'écrire ces quelques lignes, les hasards de la vie sans doute, je tombe sur une déclaration poignante d'Audrey Tautou dans* Paris-Match *: « Le métier d'acteur est usant, à quarante ans j'arrête ! » C'est vrai qu'il faudrait légiférer sur la pénibilité de ce boulot ! Qu'il y ait des aides pour le retour des actrices à une vie normale, qu'Audrey puisse, à quarante ans, arrêter d'en suer et devenir caissière en supermarché, un truc plus zen, plus gratifiant.*

## BENJAMIN CASTALDI

*Voici donc le fameux papier ! Jamais diffusé puisque l'émission entière fut supprimée. Jamais publié, malgré les demandes réitérées de certains journaux. Si je n'ai pas souhaité faire figurer ce portrait dans le premier volume de mes chroniques, il me semble intéressant aujourd'hui de le soumettre au jugement du lecteur. D'abord parce que trois années se sont écoulées, les passions sont calmées, ensuite parce que sa publication s'inscrit dans l'esprit de ce livre : expliquer, décortiquer un travail d'écriture.*

*Il me semblait aussi essentiel de préserver notre si chère liberté d'expression. En effet, jamais une émission entière ne fut mise à la poubelle suite au portrait acide d'un chroniqueur. La chose est assez exceptionnelle pour qu'on s'y attarde. Que s'est-il passé ?*

Les protagonistes :

*– Jean-Louis Remilleux, producteur de l'émission, ami intime de Castaldi et propriétaire du château de Groussay qui abrita le mariage de ce dernier avec Flavie Flament.*

*– Benjamin Castaldi, à l'époque animateur vedette sur M6.*

*– Votre serviteur : à l'époque, chroniqueur débutant sur Canal.*

L'intrigue : *Castaldi, très tendu, vient présenter un livre controversé sur sa famille et son enfance. Une partie de la profession s'est insurgée, même*

*Michel Drucker, son père spirituel à la télévision, a condamné l'ouvrage.*

Le développement : *Aussitôt la venue de Benji confirmée, les premières mises en garde tombent, un peu comme pour un gamin à qui l'on file des bonbons avec interdiction d'y goûter : « Vas-y doucement, Benji est fragilisé, c'est un ami intime, etc. » De mon côté, le livre, la démarche globale de Castaldi me choquent et je décide d'y aller franco.*

*Circonstance aggravante, il y a chez l'humoriste un côté sale gosse très prononcé : dites-lui de ne pas faire quelque chose, il s'y précipitera avec délectation. Exemple : lorsque l'avocat d'Orlando m'envoya un courrier m'intimant l'ordre de ne plus dévoiler l'âge de son client dans les médias, je n'eus de cesse de balancer l'info à l'antenne.*

*Mon papier écrit, Jean-Louis Remilleux me demande certaines coupes, notamment le jeu de mots sur Flavie Flament, rebaptisée pour l'occasion : « Flamant flapi ». « C'est indigne de vous, insultant et pas drôle ! » Je lui réponds qu'à mon goût ce n'est pas si mauvais, il m'est arrivé de dire bien pire par le passé. Et surtout, pourquoi telle coupe plutôt qu'une autre, les susceptibilités de l'invité n'étant jamais prévisibles ? J'ajoute que, si une coupe est indispensable, elle se justifie bien plus sur le passage « Montand au Père-Lachaise », ô combien plus violent qu'un jeu de mots à deux balles.*

*Prise de bec, discussion d'apothicaire, je choisis à tort de passer en force. J'aurais cédé sur « Fla-*

*mant flapi », Benjamin se serait quand même énervé, mais j'étais à l'abri des foudres de la production.*

L'épilogue : *Le papier terminé, Benji, ivre de rage, déclare à l'antenne qu'il ne supporte pas qu'on attaque ses proches. Sur le chemin qui mène à sa loge, il casse une porte et une alarme incendie. Entre-temps, on m'a gentiment évacué hors du studio, de peur que je subisse le même sort que l'alarme.*

Les conséquences : *La colère de Remilleux fut homérique et je me demande toujours comment le chroniqueur débutant que j'étais n'a pas été viré. Les semaines suivantes furent très difficiles, le doute s'installa, j'étais en plein dilemme : parvenir à écrire, rester insolent et corrosif sans que cela dérape. Je craignais un nouvel incident et, en même temps, je ne pouvais pas proposer des portraits à l'eau tiède.*

Les responsabilités : *Je ne me suis jamais réjoui de cet incident, je ne l'ai surtout jamais souhaité. Je suis là pour faire rire, parfois pour déranger, mais en aucun cas pour déchaîner des haines dans ce qui est et doit rester une émission de divertissement. En revanche, je pense que Benjamin Castaldi, qui est un professionnel, connaissait l'émission et mon travail. Pourquoi, dès lors, venir avec un livre intime et extrêmement sensible s'exposer à mon « venin » ? N'oublions pas qu'à l'époque, de très nombreuses personnes furent choquées par sa démarche.*

Benji, on m'a demandé d'être gentil avec vous. Vous et la production avez des intérêts communs. En même temps, si je suis gentil, c'est un abus de bien social… Autant être dégueulasse. On m'a dit : « Sois gentil avec lui et Mme Flamant flapi ». Elle présente toutes ses émissions sur une patte.

Être gentil… J'ai lu vos interviews, j'ai qu'à recopier pour être drôle. Octobre 2003 : « Quand j'étais petit, je voulais faire star, quand j'étais grand, je voulais faire riche. » Octobre 2003, toujours, y a des mois, vous êtes en forme : « J'étais très content de produire une émission sur les gays. Pour la première fois, à la télé, des gens abordent la question : qu'est-ce que ça fait de se faire enculer ? » Vous me mâchez le travail, Benji ! À votre propos, le journal *L'Humanité* titrait : « Si Castaldi était un médicament, ce serait un laxatif. »

Vous travaillez sur M6, chaîne qu'on peut regarder en allant aux toilettes. C'est rare de revenir en se disant : « Flûte, j'ai raté quelque chose ! » J'arrête sur la vie privée. Profil : ex-gros, boit des sodas light, fait des micro-siestes. Vous faites tout à petites doses, l'amour aussi ? Quart de pénétration, demi ? Le flamant rose, faut faire attention, debout sur une patte, l'équilibre est précaire. Idole : « Mon modèle se situe entre Bernard Tapie et Bernard Arnaud. » Une bio en forme de bêtisier, c'est exceptionnel.

Carrière… Jusqu'ici, j'ai été gentil, mais là… Je vais pas réécrire votre C.V. pour vous faire plaisir. Ça commence super bien : livreur de pizzas, et après ça s'écroule. Dans votre famille, chaque génération, on baisse en qualité : grands-parents stars, Montand-Signoret ; père présentateur sur « Fort Boyard » ; et puis vous groom sur M6, vous ouvrez et fermez des portes[1]. Au moins, quand vous livriez vos pizzas, quelqu'un les ouvrait pour vous. Entre Flavie et vous, c'est une course à la qualité. Quand vous présentez « La Nouvelle Star », Flavie est sur « Nice People ». Contrairement à elle, vous ne tombez jamais enceinte, le spectateur n'a, malheureusement, aucun répit.

Aujourd'hui, vous sortez un livre fracassant : *Maintenant il faudra tout se dire.* Révélation principale : Votre mère, Catherine Allégret, affirme avoir été caressée par Montand. Une nouvelle ère s'ouvre, pire que la téléréalité : la vie intime des stars. « Si vous êtes star, que vous avez été abusée ou mutilée par un proche, envoyez-nous vos cassettes ! » Chaud lapin, le Montand, le nombre de ses conquêtes ! J'espère qu'il a été prudent. On l'a déjà exhumé une fois dans l'affaire Drossart. S'il faut recommencer chaque semaine, faudra installer un ascenseur au Père-Lachaise. Beau livre, bien écrit, espérons qu'une partie des recettes ira aux enfants maltraités, ce ne serait que justice.

## ETIENNE CHATILIEZ

Chatiliez, ancien publicitaire reconverti dans le cinéma. Ne le dites pas à sa mère, elle le croit pianiste dans un bordel ! Né en 52 dans le Nord, « Heureusement, il y a Findus, Findus ! ». Grand blond avec une chaussure noire, « Eram, faudrait être fou pour dépenser

1. Sur les premières émissions de « La Nouvelle Star », Castaldi ouvrait lui-même la porte aux candidats lorsqu'ils venaient auditionner.

plus ! ». Mèche rebelle, regard moqueur, physique d'éternel ado. « Il fleure bon le Saint-Albray ! » Surtout le matin au réveil. Une douche *(se pulvériser)*, Air Wick, une bonne claque aux petites mauvaises odeurs !

Chatiliez : quatre films, quatre succès… 15 millions d'entrées, n'a jamais connu l'échec : « Always, toujours protégé ! » Associé depuis le départ à la talentueuse Florence Quentin : « Quentin, Quentin et vos idées ont du génie ! » « Quand c'est bon, c'est Bonduelle », c'est aussi Chatiliez ! Une seule femme : « C'est Shell que j'aime ! » Le premier soir, elle enlève le bas… « Vas-y, Wasa, vas-y ! », vous mettez un tigre dans votre moteur, le lendemain, elle enlève le haut : « Oasis, Oasis, c'est bon, c'est bon ! » Une femme qui tient ses promesses ! « Sa beauté c'est son teint et son teint c'est Célestin. » Belle, cristalline… Ça coule de source.

Vie familiale équilibrée… « Un peu de finesse dans un monde brut », trois enfants plus une grand-mère qui sait faire du bon café. Très forte également dans la confection des desserts, crèmes brûlées, etc. « Les mamies ne lui disent pas merci ! » Fidèle Étienne : même femme, même équipe, même producteur depuis des années : « Choisissez bien, choisissez But ! » Début d'existence difficile : « Tout est Mini dans votre vie. » Enfant taciturne, mauvais à l'école, crache dans son Yop. Aucune vocation : « Y a pas de bulle dans Banga ! » À seize ans, vous ne savez rien faire, votre frère vous engage dans la pub. Un être s'éveille, un glandeur s'éteint. Nous sommes en 70, on n'a pas de pétrole, mais Chatiliez a des idées. Vous vous épanouissez, trouvez vos marques : « Auchan la vie, la vraie ! » Si, avec Mme Chatiliez, au départ, vous vous serrez la ceinture : « Le thon, c'est bon ! », aujourd'hui, vous la gâtez beaucoup plus : « Dior, j'adore ! » Et si, par hasard, on le lui fait remarquer, elle répond du tac au tac : « Parce que je le vaux bien ! » C'est une femme Barbara Gould. Tout le monde se lève pour elle… Enfin, vous, surtout ! C'est pas Bern qui vous la piquera. « Oncle Bern's, il ne colle jamais ! » Sa barre Ovomaltine, c'est pas de la dynamite, même avec un Mars, ça ne repart pas ! Il devrait se faire soigner, on lui dit tous : « Va donc, va donc chez Speedy ! » Spécialiste en tout petit pot. Étienne, regardez-moi dans les yeux… J'ai dit dans les yeux ! J'aime vos films, Étienne. Je vous le dis avec des fleurs ! *(Lui jeter un bouquet.)*

*Souvenir horrible de ce papier, Chatiliez consterné ne décrochait pas un sourire, l'air ailleurs, un brin méprisant. Vincent Lindon, bon camarade, riait pour deux. Moi, super déçu, j'aimais beaucoup Chatiliez. Quelques jours plus tard, pour la première fois, un film de Chatiliez,* La confiance règne, *se plantait… Et moi ça m'a fait plaisir. Oui, je sais, c'est pas bien d'écrire ça. En même temps, on ne se conduit pas toujours en super-héros.*

## SOPHIE DAVANT

*Sophie Davant… Mon seul papier véritablement décrié. Aujourd'hui encore, des gens me disent : « Super votre travail, mais Sophie Davant… » À ma décharge, je dirais que, lorsque j'ai écrit sur Mlle Davant, j'étais en vacances au soleil. Et c'est vrai que la mer, l'iode, la chaleur, la vitamine A, je me suis lâché ! Ajoutons à cela une impression générale. Dans le métier, il existe une catégorie de faux gentils, de faux cools. Des gens adorables et souriants à l'antenne et, dès que les projecteurs s'éteignent : de vraies peaux de vache. Le public trouvant ces gens éminemment sympathiques ne comprend pas qu'on les attaque. J'avais donc un* a priori *sur Mlle Davant. Papier à charge, donc, certainement trop frontal, une erreur de jeunesse. Contrairement à Guy Carlier, je ne m'excuse pas, j'assume ce portrait et pour citer Piaf : « Non, rien de rien, je ne regrette rien ! »*

On ne vous voit plus beaucoup, Sophie ! Vous me direz… Quand on s'appelle « Davant », un nom prédisposé aux oubliettes. Sophie d'Autrefois, Sophie Jadis… Pendant des années, vous présentiez la météo sur France 2 : sorte de Gillot-Pétré au féminin… *(Un temps.)* Peut-être moins féminine que Gillot-Pétré. Plus sexy en tout cas : dans les campagnes, quand Sophie montrait sa frimousse à l'écran, les baromètres se mettaient au beau fixe. Ce qu'on appelle un pic d'audience.

Sur votre vie privée, des choses passionnantes : deux enfants, Nicolas et Valentine, que vous avez failli appeler Pimprenelle. On peut présenter la météo et prendre un coup de chaud. Mariée à Pierre Sled… Comment vous le situer ? Disparu du service des sports au siècle dernier. Sled, nom véritable Sledziewki… Il l'a raccourci pour qu'on s'en souvienne… Ça n'a pas suffi. Il aurait dû s'appeler P.S., post-scriptum… Pour le coup, ça reste ! Joue au loto sportif et collectionne les couteaux suisses. (Ça doit être épuisant.) Actualité de Sophie : nommée chevalier de l'Ordre du Mérite. Pour rester avec un type qui collectionne des couteaux suisses, c'est un minimum !

Anime sur France 2 « C'est au programme », tous les matins de 9 heures à 11 heures. À cet horaire, vous avez des vieux et des chômeurs… Ou le type qui passe prendre son courrier chez sa concierge, la télé est allumée, il tombe sur vous. « Tiens, elle n'est pas morte ! dit-il à sa femme. – Non, tu confonds avec M. Pétré ! Sophie n'a pas de catogan, je te l'ai dit vingt fois ! » Chez France 2, ils n'ont jamais su comment vous caser. C'est : ou le matin quand personne regarde, ou la météo sur quatre minutes, ou le Téléthon sur trente heures. Trente heures de Téléthon, ça fait un an de météo. C'est une solution : tu prends ta dose de Davant en une fois, après t'es peinard ! « C'est au programme », principe de l'émission, un sujet d'actu : hémorroïdes, varices, constipation… On peut avoir les trois, y'a des gens vernis. Un chanteur sur le retour : Charles Dumont, une recette de David Martin… Autant que la punition soit totale.

Sinon, y a l'avenir : « Sophie d'après », vous co-animez « L'Eurovision junior » avec Pierre Sled. C'est le seul qu'ait accepté, menacé d'un couteau suisse, il a dit : « Oui. » « L'Eurovision junior », on imagine le pire… Des mômes trop jeunes pour faire la « Star Ac' ». Pourquoi pas « L'Eurovision senior » ? On chante avec un goutte-à-goutte et une sonde urinaire. Comme pour le Téléthon, mobilisez-vous, envoyez vos dons pour que ces enfants arrêtent de chanter. Le temps se couvre, chère Sophie, je vous laisse.

## LORIE

Alors, on m'a dit : « Fais ton papier sur les enfants prodiges ! » Les enfants prodiges, j'en ai connu qu'un : le petit Gregory, soi-disant un surdoué de la natation, inscrit aux bébés nageurs, le futur Mark Spitz... À quatre ans, il s'est noyé dans la Vologne (sur un deux fois un mètre, nage libre). Après, on a eu Jordy... Sorte de Plastic Bertrand miniature. Là, on se dit : « Pourquoi les parents ne l'ont pas noyé ? » Tu fais écouter la chanson au juge, t'es acquitté.

De toute façon, Lorie n'est plus une enfant, c'est une femme, sa voix a mué, elle est en place. Je m'inquiète pour Priscilla, si elle se met à chanter comme Garou... Les bodys roses à lacets : terminés ! Billy Crawford devrait bientôt muer... Ne plus chanter comme Priscilla, puberté annoncée pour décembre. Vous l'avez connu avant, dommage ! En même temps, c'était sur « Fort Boyard », on est en pleine mer, coincé... C'était lui ou le nain Passe-Partout. Aujourd'hui, voici l'album de la maturité : « Lorie Attitudes » ! Regard intense, balayage chien fou, bouche légèrement ouverte, sinon tu n'as pas la « Lorie attitude ». Ne pas ouvrir et fermer la bouche, sinon c'est la poisson attitude... *(Faire le geste.)* Tu peux également t'inscrire au fan-club et recevoir la montre Lorie avec photos sur le bracelet. J'avais une montre Adjani comme ça. Tu bougeais le poignet, elle se remontait toute seule... Ado, j'étais jamais en retard. Clin d'œil amusant, la boutique Lorie se situe à Jouy-en-Josas. *(Montrer la pochette.)*

Quelques infos sur notre invité : naissance le 2 mai 1982 de Laure Pester, surnom : Bébé, Bichette ou Pupuce. J'ai la « Pupuce attitude », c'est un peu couillon, faut se gratter. La « bichette attitude », c'est plus viril. Taille : 1,67 mètre. Priscilla culmine à 1,47. Si jamais la mue se passe mal… La voix de Garou dans le corps de Petrucciani… Danseuse à trois ans, patineuse à six. Là aussi, si votre enfant se met à chanter, faites un trou dans la glace discrètement : le petit Gregory version sport d'hiver. Après, les parents nous écrivent : M. et Mme Garou, Mme Obispo : « Oui, si on avait su ! » Début très précoce : plus jeune artiste à entrer au musée Grévin et à participer à « Vivement dimanche ». C'est la même émission : le public est en cire. Drucker est embaumé. C'est pour ça qu'ils le ventilent, sinon il se déshydrate. Jacques Martin : c'est une panne de ventilo. « L'École des fans », on parlait d'enfants prodiges… La plupart sont morts, ou en prison. À trois ans, quand t'as chanté du Mireille Mathieu…

En tout cas, vous, Lorie c'est l'album de la maturité. Vous nous avez fait peur… Ah oui ! Quand vous écriviez : « Moi, j'ai besoin d'amour, des bisous, des câlins, j'en veux tous les jours, c'est comme ça ! » J'ai cru qu'on allait vous perdre. Aujourd'hui, vous écrivez : « Tu m'as ensorcelée, patati, patata, l'idée de caresser ton corps. » Y a eu des changements, c'est agréable. Je vais envoyer mon bulletin à Jouy-en-Josas, c'est promis !

*C'est un de mes papiers qui a fait le plus de vagues. Pourtant, tout avait très bien commencé. Durant son portrait, Lorie avait ri de bon cœur. Seulement, en coulisses, Lorie père veillait au grain, son unique neurone en alerte maximum. Le papier n'était pas blessant pour sa fille, mais ma vanne sur le petit Grégory ne passait pas. D'après lui, on ne pouvait associer « cette vanne immonde » à l'image de Lorie. Son public, essentiellement des parents qui achetaient ses disques pour leurs enfants, risquait de très mal le prendre et les répercussions sur les ventes seraient catastrophiques. Procès dès le lendemain au tribunal de Nanterre pour faire interdire la diffusion du papier. Fille et père sont évidemment déboutés et le papier diffusé.*

*Dernièrement, un reportage dans* Gala *m'interpella, on y voyait Lorie hilare dans différentes situations de vie quotidienne, en légende : « Lorie aime rire ! » On aurait dû mettre à côté : « Son papa aussi ! »*

## JEAN - MICHEL RIBES

*Même si l'on admet que les cordonniers sont les plus mal chaussés, constater que M. Ribes, le créateur de la série « Palace », n'a pas le plus petit atome d'humour sur lui-même est une nouvelle stupéfiante ! En outre, si j'ai pu comprendre et accepter bien des réactions de la part d'invités malmenés : la colère d'un Castaldi, la vacherie d'une Lio, le trait d'esprit d'un Bouvard... Il m'est, en revanche, extrêmement difficile d'être confronté au mépris. Pour cette raison, j'ai souhaité que ce portrait de Jean-Michel Ribes, diffusé sur Inter et non sur Canal +, ait une place de choix dans ce « recueil ».*

*Naïvement, je pensais pouvoir brocarder Jean-Michel Ribes. J'aimais son univers et, lors d'un festival d'humour à Montreux, où j'avais interprété une série de sketchs, il s'était montré enthousiaste à mon égard, m'invitant même à le contacter pour une collaboration future.*

*Je suis donc content lorsqu'il vient à France Inter présenter son livre. Seulement voilà, l'ouvrage en question est une fumisterie : des pages entièrement blanches et, de temps en temps, perdu au milieu de l'une d'elles, un aphorisme excédant rarement trois mots. Un peu embêté, je me raisonne : « Ce type aime rire, au fond de lui, il est conscient que son bouquin est un hold-up, il t'aime bien, fais ton boulot, il va se marrer ! Et puis, me dis-je, Ribes est le chantre de l'humour décalé, c'est aussi un directeur de troupe, il doit détester qu'on lui passe la brosse à reluire, vas-y en confiance. » Je me suis lourdement trompé !*

Jean-Michel, en 94, vous avez reçu le Grand Prix de l'humour noir, ça tombe bien, vous allez en avoir besoin ! Vous publiez un nouveau livre appelé : *Sursauts, brindilles et pétards*. Pour apprécier le bouquin, commencer par le pétard ! Brindilles, je pense que ça désigne les phrases minuscules, les aphorismes, qui se baladent dans des pages vides. Dix lignes par page maxi quand vous êtes en forme, une quand vous avez un coup de mou. C'est publié chez « Grasse matinée »... Grasset, pardon, éditeur pour feignants.

Au départ, toutes ces pages blanches, je me suis dit : « Tiens, un agenda ! » Et puis, quand j'ai vu le prix : 14 euros, je me suis dit : « Pour un agenda, y a même pas la couverture en cuir ! » *(Ouvrir le livre.)* Alors, les petits astérisques qui se baladent, il y en a 274… Comme le bouquin m'a passionné, je les ai comptés… Chez « Grasse matinée », il y a un type qu'est payé pour les dessiner. Dès qu'il reçoit un bouquin vide, il en met partout, « le Tapissier », il s'appelle. « Dis donc, Georges, y a un bouquin à tapisser, c'est le dernier Ribes. / Oh ! Encore un agenda ! / Non, cette fois-ci, c'est un bloc-notes. Tu m'en mets quatre de côté pour les gamins, ça leur fera des cahiers de brouillon. » Le record, en matière de phrase courte, se trouve page 145 : « L'Ivresse d'être à jeun. ». Ça n'a pas dû vous arriver souvent. Et page 135 : « L'enfer c'est la simplicité » – il y avait aussi, je vous le souffle : « Le Paradis : c'est le dépouillement. »

Si vous cherchez quelqu'un pour vous écrire des livres, je vous en ponds trois, quatre, dans l'après-midi. Nègre de Jean-Michel Ribes, la planque : « Écoute, l'an passé, j'ai gagné 30 000 euros, j'ai travaillé deux jours ! Le prochain, on l'écrit en SMS, on commence à 14 heures, à 15 heures, il est chez l'imprimeur. » Jean-Michel change d'éditeur, ouais, il quitte Grasse matinée pour aller chez Feignasse… Fayard, pardon… y en a tellement ! Flammarion, c'est Flemmard. J'ai fait un papier long, je me suis dit qu'il fallait compenser ! Alors, à la fin, méfiance, il y a un remerciement très court, ce n'est pas la fin du bouquin ! Comme il n'y a que des bouts de phrases, on ne sait pas quand ça s'arrête. Par exemple : « Dépôt légal, février 2004 », c'est très drôle, mais ce n'est pas un aphorisme de Jean-Michel Ribes. Alors, dans les remerciements, vous dites : « Merci à Anne Berest à qui la réalisation de ce *petit* livre doit beaucoup. » Vous écrivez « petit livre », pourquoi ne pas avoir poussé l'humour plus loin : « Merci à Anne Berest pour son travail de titan sur cette encyclopédie ! »

Jean-Michel, pour être tout à fait complet, signalons que vous êtes aussi le directeur du Théâtre du Rond-Point des Champs-Élysées, vous faites des mises en scène. Vous arrivez salle 1, les comédiens vous attendent, une indication, vous repartez : « C'est tout ? vous crient-ils. – Bah, vous êtes marrants, les gars, j'ai un bouquin à écrire ! » Bon, je vous lis un dernier aphorisme, page 102 : « J'aime le ron-ron, de la poésie. » C'est très beau. Faites-le avec Canigou, ça ne marche pas : « J'aime le Canigou de la poésie », ça sonne faux. N'est pas nègre de Jean-Michel Ribes qui veut !

*Si j'ai écrit, parfois, des papiers vachards, un tantinet à charge, dans des ambiances lourdes avec un public perplexe, je pensais, ici, que ma « critique littéraire » serait accueillie comme un tour de sale gosse sans conséquence. D'ailleurs, à Inter, ce matin-là, ma chronique fait mouche. Le public ne se trompe pas. L'ambiance est bonne, je ponctue mon texte en exhibant les pages vierges du bouquin incriminé : rires assurés ! La seule fausse note est l'attitude de M. Ribes. Glacial, hautain, il reste ostensiblement absent, comme s'il avait hâte de retrouver des gens dont l'intelligence lui permettrait à nouveau de communiquer. Tout le monde, me direz-vous, votre serviteur le premier, peut, un jour, manquer d'humour. Sans doute M. Ribes était-il fatigué… La gestion d'un théâtre, surveiller les mises en scène, la librairie, le vestiaire et surtout la cafét', où, dans ce quartier très chic du huitième, des petites cuillères disparaissent quotidiennement…*

*Oui mais... Deux ans plus tard, Jean-Michel revint, cette fois-ci à Canal, et durant toute ma chronique qui ne s'adressait pas à lui mais à un autre invité, il réitéra son attitude d'Inter en pire. Assis sur un tabouret pivotant (position malheureuse : avec sa grosse tête, on aurait dit une attraction du Jardin d'acclimatation), il me tourna le dos et, tel un Culbuto prétentieux, signifia aux spectateurs qu'eux aussi étaient des abrutis puisqu'ils riaient à ma chronique.*

*Tout cela pourrait prêter à sourire. Seulement voilà, il y a des gens qui ont la carte*[1]*, toujours épargnés par les médias. Personne n'osera dire que le directeur d'un prestigieux théâtre parisien est un faiseur bouffi d'orgueil. Au contraire, on aura soin de nettoyer l'émission. Les plans où M. Ribes tourne le dos, montre son vrai visage, seront supprimés. Bien évidemment, dans le même temps, tout le monde s'acharnera sur la crise de nerfs de Benjamin Castaldi qui lui n'a pas la carte : il est animateur sur M6 avec, chose aggravante, des nerfs qui lâchent. Alors qu'au final, sa réaction est infiniment plus saine et plus humaine : furieux, il casse une porte, basta ! Que M. Ribes, en tout cas, se rassure, je ne suis pas rancunier. Et si, un jour, il est sur scène, dans un acte de don, de fragilité, j'interdis à quiconque de lui tourner le dos pour marquer son hostilité. Si vous n'êtes pas content, allez après à la cafét' creuser le déficit en petites cuillères.*

1. Avoir la carte : se voir attribuer le monopole du bon goût et du bien penser. Lire le papier sur Richard Clayderman, page 99.

## AGNES SORAL

*Bizarrement, Agnès Soral, fille de caractère, grande gueule, redoutait mon papier. Et je pense que, ce jour-là, la peur fut mauvaise conseillère. Pourtant, nous nous connaissions un peu et nous avions discuté avant l'émission. Dès le début de ma chronique, Agnès Soral sort une boîte à pet électronique et l'actionne à l'aide d'une télécommande sur chacune de mes phrases. Si l'effet est amusant les deux premières fois, il devient vite lourdingue : le public n'écoute plus, guettant juste le bruit du pet à venir. Étant, moi-même, peu porté sur l'humour scato, je suis rapidement mal à l'aise. Malheureusement, Agnès ne se contente pas d'actionner sa boîte. Lorsque j'évoque son histoire de viol, elle m'interrompt et prenant le public à partie, lui dit : « Ça vous amuse, vous, un type qui se moque du viol ? » Je pense que ce contresens est volontaire de sa part. Mon texte ne comporte aucune ambiguïté sur le viol. Au contraire, je stigmatise l'attitude scandaleuse de la police. Le public d'ailleurs ne s'y trompe pas et reste sans réaction lorsque Agnès Soral l'interpelle.*

Agnès Soral, née à Aix-les-Bains. Aix : sa station thermale, ses vestiges romains, son musée d'archéologie. Ça fait gagner une ligne… En fin d'année, ça fait un papier entier, c'est intéressant. Éducation chez les sœurs, battue par son père, Agnès brise le silence en 95 chez Morandini. C'est ça qu'est dur… Pas d'être battue, de se confier à Morandini. Aujourd'hui, on peut appeler Carole Bouquet. Première fugue à treize ans, premier viol à quinze, lors d'un séjour à Ibiza. Vous portez plainte au commissariat et là vous sentez que vous allez y passer une deuxième fois. Après, faut porter plainte à la Police des polices. On se fait violer une troisième fois, c'est sans fin. Vous suivez une psychanalyse, mais gardez des séquelles, plus aucune conscience de la pudeur : « Au cinéma, j'ai démarré à poil ! » Bern qui a posé nu dans *Match*, pareil : c'est suite à un viol. Après, on achète un chien, on reforme une famille... Le mal est fait !

C'est en regardant le feuilleton « Thierry la Fronde » que l'envie de jouer vous prend. Le collant moule-boules a suscité bien des vocations : Patrick Dupont a fait de la danse, Richard Virenque du vélo, Pascal Sevran s'est fiancé. Pour le collant « Thierry la Fronde », si on n'est pas trop gâté, mettez des renforts, du coton hydrophile, voyez tout ça avec Stéphane *(désigner Bern)*. Agnès, une sexualité épanouie, là-dessus, vous êtes plutôt cash : « J'aime les hommes, j'ai eu une vie amoureuse assez considérable », *Paris-Match*, mars 2004. Quand une phrase est belle, j'aime citer mes sources. Vous êtes originaire d'une ville d'eau, vous y serez sensible.

Sur votre physique, aucun problème : « Je fais beaucoup plus jeune que mon âge. » « J'ai quarante-deux ans et j'ai la chance d'en paraître dix de moins. » « Si j'ai le physique que j'ai, c'est parce que j'ai une belle âme. » En même temps, on voit difficilement quelqu'un dire : « Je fais beaucoup plus vieille que mon âge, au moins dix ans de plus, si j'ai le physique que j'ai c'est parce que je suis une belle salope ! » Vous êtes une femme moderne, Barbara Gould : « Je suis pour le mariage bail, tacitement reconductible comme un appartement. » En même temps, j'ai un pote, sa femme, il l'a épousée y a vingt ans. S'il s'en sépare aujourd'hui, vu son état, il ne pourra jamais récupérer sa caution.

Voilà, Agnès, tout ça coule de source… Au final, plutôt une belle filmographie. Premiers films : *Un moment d'égarement*, *Tchao Pantin*. Derniers films : *Les Parisiens* et *Le bonheur, c'est mieux que la vie* de Claude Lelouch. Appel à témoin : si vous avez vu ces deux derniers films, même gratuitement, soyez gentils, présentez-vous ! Salut, Agnès.

## JOEY STARR

*Papier jamais récité…*

*En mars 2004, Joey Starr vient une première fois à notre émission. Estomaqué par la virulence de mon portrait, le rappeur réagit mollement : ma chronique terminée, il se tourne vers Ariel Wizman et de sa voix rauque lui dit : « J'espère pour lui qu'il court vite ! » L'ambiance reste bon enfant, Joey ne peut que respecter une liberté de ton dont il s'est fait le chantre et nous nous serrons la main en coulisses. Autre satisfaction, ce portrait contribue largement à me faire connaître : « Dis donc, il y a un nouveau à la télé qui s'est "payé" Joey Starr ! » Deux ans plus tard, Joey revient nous voir et, encouragé par mon premier succès, je décide de récidiver. Ai-je trop présagé de mes forces, vendu la peau de l'ours ? Peut-être.*

*Écrire un papier bien senti, assis tranquillement chez soi, est une chose, venir le dire face à la personne concernée en est une autre ! Ce soir-là, Joey Starr est de très mauvaise humeur, une fébrilité croissante gagne l'équipe, les aller et retour à ma loge se multiplient, chacun y allant de son commentaire : « Fais attention, il n'a pas l'air commode ! », « Enlève les trucs sur son fils, ça va l'énerver ! », « Va le voir à la pause pub et dis-lui que c'est de l'humour ! ».*

*La fatigue, le stress, une certaine lassitude ? Pour la première fois en trois ans, je décide de ne pas aller faire mon portrait. Je me dégonfle, si vous préférez. Preuve en est que la peur a toujours été présente dans mon travail de chroniqueur.*

D'habitude, je ne fais jamais deux fois le même invité, mais là, attention : ce n'est plus le Joey Starr d'autrefois, la « caillera du rap », surnommé avec respect dans les cités le « Jaguar Gorgone », rebaptisé depuis quelques semaines : le « Caniche à Bobonne ». Joey est casé, père de famille… Et pire, il aurait quitté le 9.3. pour un appart' bobo à Paris ! Les fans sont désespérés : « Rendez-nous notre Joey ! »

Souvenez-vous. Un casier judiciaire magnifique, plus long qu'une discographie d'Aznavour. Un tempérament joueur, fougueux, qui pouvait, sur un coup de tête, tabasser une hôtesse de l'air, juste pour se dégourdir un peu avant l'atterrissage ! Un Joey amoureux des bêtes, de son pitbull Storm, toutou choyé : jamais de croquettes à la maison, c'est indigeste, mais le droit, deux fois par semaine, d'aller bouffer une vieille du quartier ! Repu, Storm s'endormait sur le tapis du salon, recrachant parfois dans un rot le pacemaker de sa victime. À côté, un bébé singe magot, que Joey confondait souvent, après deux-trois rhums et un pétard, avec une hôtesse d'Air France !

Aujourd'hui, la fête est finie : Joey est producteur, PDG, papa d'un petit Mathis… Certainement un hommage à Henri Matisse, peintre du XIX^e^. Consternation chez les rappeurs : « Mathis du dix-neuvième, du dix-neuvième arrondissement ? – Non, non, du XIX^e^ siècle ! » Véritable papa poule, Joey se lève la nuit et fait les biberons. « Putain, c'est compliqué, les doses ! Le singe magot c'était quatre cuillères ! » Dès que le petit va mal, direction un pédiatre rue de la Pompe dans le seizième. « Monsieur l'agent, s'il vous plaît, la rue de la Pompe ? – Monsieur Starr, bonjour ! *(Air entendu.)* Rue de la Pompe, vous voulez dire la rue des putes, rue Saint-Denis ? – Non, la vraie, c'est pour le p'tit qu'a une gastro ! » Déception du policier : « Monsieur Starr, crachez sur mon uniforme, traitez-moi de fils de pute, ça nous manque ! – Chérie, passe-moi Mathis, il va lui vomir dessus ! » Oui, dorénavant, la relève, c'est Mathis ! Joey, c'est fini !

Aucune condamnation depuis 2003. L'autre jour, un espoir, on apprend qu'une vedette a lancé un cendrier dans la figure d'un styliste. On se dit : « Chouette, Joey a repris du service ! » Non ! C'était Samy Naceri. Virage à 190 degrés : À travers le collectif « Devoir de mémoire ». Celui qui n'avait jamais voté appelle les jeunes à aller aux urnes ! Dans *Le Monde* d'août 2005, Joey déclare : « J'aimerais bien travailler dans l'Éducation nationale via des ateliers de poésie. » Le pauv' môme qui va ouvrir sa gueule. *(Voix Joey Starr.)* « Tu me fais quarante lignes : "Je ne dois pas dire 'Nique ta mère' dans un atelier poésie dirigé par M. Starr !" » Le rêve est fini. Même le journal *Voici* vous aime. À votre propos, ils écrivent : « Joey : plus cool que Doc Gynéco ! » J'ai demandé son avis à un neurologue, plus cool que Doc Gynéco, c'est impossible. Ça équivaut à un coma, encéphalogramme plat ! Réveillez-vous, Joey !

## JACQUES VILLERET

*Un de mes moins bons papiers et certainement… mon plus mauvais souvenir ! Difficile de faire rire aux dépens d'un monstre sacré. Des carrières très riches, généralement sans faute de parcours et des vies privées ultra-protégées. Dire à M. Aznavour ou à Mlle Gréco : « Je vous aime, vous êtes des artistes formidables ! », d'abord ça ne ferait pas rire, ensuite ce n'est pas ce qu'on attend de moi. Vous êtes coincé entre votre admiration, une certaine déférence, un trac inhabituel et l'obligation quand même de les bousculer. Si vous ne le faites pas, vous risquez très vite de vous « fogieliser », syndrome qui consiste à épargner les puissants tout en massacrant les faibles.*

*Jacques Villeret était à part. Une carrière magnifique, mais une vie privée compliquée (alcoolisme, redressement fiscal, divorce douloureux, puis retour à la vie grâce à Sély, une jeune Sénégalaise). Des revers dont l'acteur s'était confié à la presse people. Bêtement, je pensais que puisque Villeret évoquait librement ses déboires, je pouvais, à mon tour, m'en amuser. Erreur fatale ! Encore extrêmement fragilisé et à fleur de peau, sa réaction fut terrible. Un papier, au final, très moyen et qui fit beaucoup de mal... Un double ratage en quelque sorte !*

Jacques, vous êtes né à Loches... Prémonitoire : vous aurez votre premier César dans *Robert et Robert*. Bon, j'ai écrit cette chronique bourré. C'est une technique américaine pour pénétrer l'univers de l'invité ! On va chez l'épicier, on commande du gros qui tache et le papier est torché ! Ça tombe bien, cette semaine, on reçoit Eddy Mitchell : « Vous me mettrez une bouteille de scotch avec "La Vieille Treille". » Semaine éthylique ! Dommage qu'on ne reçoive pas Depardieu ! Il nous aurait donné les résultats des Césars de l'année prochaine. Je suis content que vous soyez là, Jacques ! Un bon vivant comme vous ! Bientôt, on fait Kouchner, là, il faut une haleine impeccable : 12 de tension ! À propos d'haleine, vous déclarez : « J'aime tellement le théâtre, j'aurais pu faire souffleur ! » Heureusement que vous avez changé d'avis ! Enfance heureuse, vous passez votre bac un 5 juillet, le 7 vous partez à Paris faire du théâtre. Alors, pourquoi pas le 6 ? Le 6, vous cuvez, un bac, ça s'arrose... Surtout quand y a des fleurs à l'intérieur... Écrire bourré, c'est jamais une bonne idée !

Arrivé à Paris, première déception, vous entrez au cours Simon pensant que c'est Michel Simon et c'est René Simon. J'ai vécu la même chose : Quand je suis arrivé sur cette émission, je pensais avoir affaire à Stéphane Bern et... c'était Stéphane Bern. Entrée au conservatoire en 69 : un minimum quand on est natif de Loches. Mariage avec Irina, vous restez vingt ans, elle vous quitte, vous prenez une jeunette. Encore cinq ans et je fais la même chose. La mienne a eu deux césariennes, les seins tombent un peu… Mais bon, bien présentée, joliment habillée… elle peut partir.

On vous a fait une reprise sur l'ancien modèle ? Aujourd'hui, Jacques, tout baigne. La belle s'appelle Sély, elle est sénégalaise, elle a la faculté, dites-vous, d'être de bonne humeur tous les matins. On comprend que vous ayez arrêté la boisson, faut être en forme ! Pour finir, quelques problèmes avec les impôts. Divorce, alcool et contrôle fiscal. C'eût été dommage de ne pas avoir le tiercé dans l'ordre. Un véritable harcèlement, les agents de Bercy ont la mémoire courte, eux qui ont une vie grise et sinistre oublient vite que vous les avez fait rire. Un rire, ça n'a pas de prix, vous êtes un de nos plus grands acteurs, on ferait donc bien de vous lâcher rapidement la grappe. Santé !

*Je pense que Villeret, certainement conditionné par un entourage inquiet, appréhendait mon papier. Dès le début de ma chronique, il se ferme, puis très vite, devient blême. Sur le plateau, Stéphane Bern et son équipe se figent, le public disparaît sous terre. Je sens que la mayonnaise ne prend pas, nous sommes au-delà du bide. Je bafouille, je rougis, heureusement grâce au maquillage télé très épais, ça ne se voit pas. Il faut sauver la face, ne rien montrer. Crânement, dans une fausse bonne humeur, accroché à mon prompteur comme un noyé à sa bouée, j'arrive à ma conclusion. Les deux dernières phrases plutôt gentilles sont dévastatrices, provoquant l'effet inverse : l'impression d'offrir un bouquet à quelqu'un après lui avoir explosé le portrait.*

*Salut, applaudissements gênés, Villeret, fou de rage, pointe un doigt vers Stéphane Bern et lui dit : « Vous coupez*[1]*, où je ne réponds plus de l'intégrité physique de ce garçon ! » La colère qui suivit n'eut rien à envier à celle de Benjamin Castaldi. L'homme était effondré, son entourage anéanti. Une journée passe, l'émission devant être diffusée le lendemain. Pour la seule et unique fois, j'ai demandé à la production de bien vouloir couper mon papier, ce qui a été fait. J'arrivais à la limite de cet exercice : faire rire, réagir, mais en aucun cas blesser. Mon seul contact avec Villeret, acteur que j'admirais, fut un contact de haine. Trop tard pour lui dire : « Vous savez, j'ai eu le même professeur d'art dramatique que vous, J.-L. Cochet, quand je jouais La Flèche dans* L'Avare, *il me parlait de vous, j'ai eu les mêmes rêves, les mêmes envies… Je ne suis pas seulement le p'tit con de la télé ! »*

## GEORGE WEAH

George Weah, joueur au Paris-Saint-Germain à l'époque où Paris gagnait. C'est arrivé ! Au siècle dernier… Si, si ! 93-95, Paris marquait des buts… Pas contre son camp, non, non, dans les filets adverses ! Y a des images d'archives ! « Quelle est la différence entre un joueur du PSG et une prostituée ? La prostituée peut aligner trois passes de suite en une seule soirée ! » Y a une section humour au club, un département poésie, faut se placer dans les virages : « Marseille, on t'encule »

1. Émission enregistrée et diffusée quelques jours plus tard.

*(faire des doigts levés)*, c'est très chorégraphique… Pas de grand club, sans grand public !

George, vous êtes né au Liberia en 66. À trois mois, vos parents vous abandonnent : là-bas, c'est la majorité. Élevé par grand-mère, premier ballon à sept ans, une carrière magnifique, de grandes équipes, 87 : « le Tonnerre de Yaoundé », 92 : les petites bites du PSG. Fin de carrière au Qatar. C'est très bien payé, mais tu joues en djellaba : pas très pratique. Aujourd'hui, vous affichez une condition physique parfaite, vous êtes très frais, comparé à Maradona… qui travaille dans une fête foraine.

Une reconversion particulière, puisque Mister George brigue la présidence du Liberia. Le Liberia : quatorze années de guerre civile, 150 000 morts ; un habitant sur deux vit avec 40 centimes d'euro. Ici, avec 40 centimes, tu t'offres deux minutes de parcmètre. Ils n'ont pas de voiture, me direz-vous, ça fait un souci en moins. Alors, vos adversaires vous reprochent votre faible niveau d'études. C'est sûr ! Pour devenir président, c'est emmerdant : pas d'électricité, pas d'eau courante, les gens crèvent, mais depuis cent cinquante ans, le président libérien est diplômé ! Rien que pour la corruption, faut savoir compter : faire des additions pour soi, des soustractions pour le peuple ! Charles Taylor, le dernier dictateur du Liberia, quand vous réclamez l'intervention des Casques bleus, il incendie votre maison. Lui, il a fait des études, il sait discuter. Je vous dis ça, nous, on est une démocratie, une vraie.

Quand vous êtes parti du Paris-Saint-Germain, dans les tribunes, ils ont mis une banderole avec « Weah, on n'a pas besoin de toi ! » Les « S » écrits à la manière des SS. Et c'est vrai que, depuis que vous êtes parti, on se passe très bien de vos services : les résultats sont là !

Personnellement, vous me manquez, George… Je suis sûr que le Liberia saura accueillir un homme de votre valeur. Ah ! dernière chose : en juin 2005, vous faites votre jubilé à Marseille. Vous aviez demandé à Paris qui a refusé. Bah, oui, mais, en ce moment, on gagne beaucoup, on n'est pas forcément disponible. Salut, George !

*Ce fut une vraie déception : George Weah arrive à l'émission dans sa panoplie de futur président. Engoncé dans un costume trois pièces qui le boudine, il se prend très au sérieux, entouré par des gardes du corps tout aussi ridicules. Durant l'intégralité de mon papier, il semble ne rien comprendre, je pense même qu'il comprend de travers, prenant certaines de mes phrases au premier degré. La reconversion des footballeurs ? Oui ! Si c'est David Ginola qui fait l'acteur, je suis pour, c'est très drôle, mais pas plus !*

## MICHAEL YOUN

*Quinze jours avant de venir à Canal +, Michael Youn, vexé et furieux, a quitté le plateau de Marc-Olivier Fogiel. Pour son image, les conséquences sont mauvaises, Youn passe pour un mauvais coucheur : « Un comique doit avoir le sens de l'humour, s'il aime bien chambrer, il doit aussi supporter qu'on l'attaque, etc. » Je prends donc l'option de titiller mon camarade, d'éprouver, à nouveau, son sens de l'humour. Mon raisonnement est simple : si Michael fait bonne figure, s'il me répond par une pirouette, ou un bon mot, il reprend la main, et c'est gagné ! Ce n'est pas le cas et Michael se braque.*

*Dans un esprit d'apaisement, le producteur coupe sa réaction glaciale au montage. Une longue explication s'ensuit dans ma loge. Je défends mon point de vue, lui me reproche un papier à charge sans aucune douceur. Peut-être que Michael a raison, peut-être que ce papier est vraiment méchant, ce fut, en tout cas, l'avis de certains. En tant qu'humoriste, je déteste faire le portrait d'autres humoristes, car il règne toujours un sentiment de rivalité qui vient fausser la donne.*

Michael, suite à votre colère chez Fogiel, je vous ai fait un papier super gentil, zéro méchanceté. Je pensais que vous étiez un cador du rire, très costaud, provocateur dans l'âme… J'ai découvert un être fragile, hyper susceptible, un sens de l'humour proche de zéro, un Pygmée, un quart de fiote, capable de se faire laminer comme un bleu par Marco, qui, lui-même, est déjà une toute petite chiure de mouche.

Papier très flatteur : j'ai arrondi les angles, réécrit la bio. Si la moindre chose vous blesse, vous levez la main, on arrête. J'ai soigné Castaldi, Lorie, Orlando : j'ai l'habitude des grands malades. Michael, vous êtes mon comique préféré… Avec Maxime et Tex… J'ai fait le maximum ! Dès vos débuts, dans le « Morning live », quand vous montriez vos fesses, hurlant dans un mégaphone, j'ai senti l'auteur, la plume, le nouveau Sacha Guitry.

J'adore vos sketchs : « Le scrabble », « La chasse à la salope »… *(Un temps.)* J'ai voulu mettre des textes à vous, j'en ai pas trouvé… Du coup, j'ai pris ceux de vos camarades. Vous ne m'en voulez pas ? Je préfère être gentil, quitte à magouiller un peu. J'adore vos fesses, Michael, elles nous manquent, à quand un DVD ? Un plan fixe de une heure trente, filmé par Jean-Michel Jarre avec la musique d'Oxygène ? (Papier lèche-cul, c'est de circonstance.)

J'adore votre performance dans *Iznogoud*. Formidable, brillant et rythmé… Je ne l'ai pas vu, j'ai repris une fiche de Michel Drucker. J'adore votre producteur de spectacle… Ce fut le mien… Je suis resté trois semaines chez lui. S'il nous regarde, je le salue… *(Un temps.)* En prison, on doit avoir la télé.

J'adore *Les 11 Commandements*, même si je pense que les Américains de Jackass vous ont piqué votre idée, les salauds !

Michael, né à Suresnes… Je ne donne pas la date… Certaines vieilles actrices le prennent mal. Taille : 1,86 mètre. Je vous ai ajouté des centimètres. Le fait d'être petit a dû jouer chez Fogiel… Y a Bouvard et vous qu'avez été chahutés. Les petits n'aiment pas les nains, c'est classique ! Collège privé, bac C, prépa HEC… C'est un peu la honte dans un CV de comique. Sexualité : « La vie est un pommier, j'ai goûté à toutes les pommes. » Premier de la classe, petit et suceur de pommes… Pour Marco, c'est du caviar ! Réformé P4, normal : en dessous de 1,60 mètre, ils prennent pas ! « Ne supporte pas l'autorité, crache sur un policier. » Fogiel interroge comme on passe à tabac… Vous auriez dû me prévenir, je vous aurais évité de vous faire dérouiller. C'est fait, c'est fait.

Michael, vous êtes notre nouvelle Chantal Goya : artiste populaire, aimé des enfants, vous montrez vos fesses, elle faisait Bécassine… Et puis, un jour, tout dérape ! Comme elle, vous allez avoir une petite traversée du désert… Une vingtaine d'années. Écrivez un livre, expliquez votre geste, faites des galas en supermarché, des podiums sur les plages et, un jour, vous reviendrez au top. En tout cas, on vous y aidera. Merci.

# LES PROTEGES

## ROSALIE AFFLELOU

Rosalie, vous étiez avec Alain Delon, deux enfants, et puis, un jour, suite à un problème oculaire, vous épousez Alain Afflelou. Quitter le Guépard pour un opticien, c'est forcément un problème de lunettes. C'est comme quelqu'un qui quitterait Monica Bellucci pour épouser Maïté. Maïté, on doit bien manger… C'est la troisième mi-temps qui doit être pénible : quand elle vous fait goûter son mille-feuille.

Un opticien, au quotidien, ça doit être drôle, surtout Afflelou, on fait « tchin-tchin » du matin au soir. Et puis la deuxième monture est gratuite, 1 euro seulement. La première est plein pot. Quand tu vois la tronche des lunettes ! Faudrait pouvoir acheter la deuxième paire sans payer la première ! Enfin, là, ça deviendrait : « Il est con, Afflelou, il est super con ! » Il est fou ! Ah oui ! Tout le monde vous le dira, c'est un dingue ! Déjà pour piquer la meuf à Delon, t'as intérêt à avoir des verres incassables ! Une assurance-vie, avoir pris des cours de tir. Il est fou, Afflelou : sept cents magasins à travers la France, tous les soirs, il fait la fermeture des sept cents, c'est un dingue de boulot !

Rosalie, vous aviez trente-deux ans de différence avec Delon, il commençait à être presbyte, vous entrez dans un magasin d'optique, Afflelou est là et crac ! *(Pub.)* « Tchin-tchin d'Afflelou et vous, qu'attendez-vous d'Afflelou ? – Bah qu'il me laisse ma copine ! » Bon, si on a une jolie gonzesse, il vaut mieux l'emmener chez Optic 2000 : « Ah que ! elles sont terribles ! » Après, ta copine ressemble à Laetitia Hallyday : plus personne te la pique ! Passer d'Alain Delon à Afflelou, c'est pas mal. Aujourd'hui, quand vous regardez un film de Delon sur TF1, vous avez Afflelou pendant la coupure pub, ça reste en famille. Faut expliquer le truc aux enfants : « Maman, pourquoi t'as quitté papa pour le type qui fait la réclame ? T'es sûre que t'as les bonnes lunettes ? » En tout cas, votre histoire d'amour dure, et ça fait plaisir… Cela dit, attention. Afflelou vient de sortir un nouveau coffret : une lunette différente par jour… Il est chaud, Afflelou, il est super chaud ! Bon, on connaît le proverbe : « Femme à lunettes, femme à casquette. »

La semaine prochaine, nous recevrons Mme Leroy Merlin, ex-Mme Philippe Noiret, également Mme Bricorama qui fut très longtemps avec Jean Rochefort. On est fou à Canal +… On est complètement barré ! À plus tard !

*Rosalie Afflelou a bien réagi. Pourtant, la production n'en menait pas large. Jean-Louis Remilleux avait demandé plusieurs coupes que j'avais évidemment refusées après d'interminables discussions. Et lui, en producteur averti, avait eu l'intelligence de céder. On me demandait souvent la quadrature du cercle : être corrosif, insolent, mais ne pas fâcher l'invité. « Pas de vagues, mais fais du Guillon quand même ! »*

*On en arrivait à des consignes abracadabrantes : « Pour Rosalie, doucement sur son mari : il vient nous voir bientôt. Pas d'allusion à Delon, c'est trop facile. Moque-toi des lunettes, mais pas trop non plus, citer une marque à l'antenne, c'est délicat ! (Ton enjoué.) Mais vas-y, lâche-toi, Rosalie Afflelou, tu ne l'auras pas tous les jours ! Fais-nous marrer ! Bon courage ! »*

## LOUIS BERTIGNAC ET ROMANE SERDA

Alors, le choix, aujourd'hui, c'était entre Romane Serda et Louis Bertignac ? J'ai mis du temps à me décider, je ne savais plus qui était avec Renaud. C'est vous, Romane, c'est ça ? Bertignac est avec une actrice, OK… Pardon, mais je fais tellement d'invités… À force, je ne sais plus qui est avec qui ? Qui chante quoi ? On a des noms incroyables, cette semaine on a « Mathieu de la "Star Ac' 4" » et il y a aussi un « Mathieu de la "Star Ac' 2" ». Pour faire une chronique people, aujourd'hui, il faut être informaticien !

Romane Serda, au départ, je me suis dit : c'est qui ? Une boisson brésilienne, une marque de chemise, elle fait de la natation synchronisée ? Louis Bertignac, le groupe Téléphone, j'ai connecté très vite. J'ai un bouquin qui s'appelle *L'Histoire du rock au siècle dernier*, avec de vieilles photos sépia, des daguerréotypes, mon grand-père s'en souvient… Mais Romane Serda ? On a des coups de fatigue terribles déjà une centaine d'émissions, trois invités à chaque fois…

Ce matin, je lis : « Bertignac, pied-noir, né à Oran », je me dis : « Ah, qu'elles sont jolies les filles de mon pays, c'est quand même pas lui ! » Après, j'écoute l'album, bon, il y a très peu de poï-poï-poï, c'est vrai.

Pareil ! Il y a trois jours, on me dit : « Romane Serda, c'est la copine de Renaud. » Premier réflexe : « Oui, très bien, Line Renaud, c'est plutôt quelqu'un d'accueillant, dans le métier, elle a des copines à droite à gauche, on ne va pas toutes les recevoir… » *(Un temps.)* Renaud, le chanteur, d'accord, d'accord ! Mais lequel ? Le rebelle, ou l'autre ? J'ai vu un gars qui lui ressemblait l'autre jour, faire de la promo chez Julien Lepers, il était assis au milieu d'un parterre de vieux avec une fille blonde… Romane Serda, c'est elle ! Elle l'accompagne… Mais elle a un brevet d'infirmière ? Elle chante, OK, OK, quand on a les bonnes infos, ça va plus vite !

C'est un casse-tête, là, je lis : « Bertignac est un rockeur pur et dur. » Juste en dessous : film préféré : *La Cage aux Folles 1 et 2*. Et Bern est fan de *Woodstock*, pendant qu'on y est ! Bertignac, vie privée : « A été avec Carla Bruni. » Carla Bruni, ça change tout le temps : dès qu'elle chante, son fiancé s'en va, c'est dramatique ! B.H.L., Arielle Dombasle, c'est différent : ils font appartement séparé. Donc, il la supporte. Parfois, il descend, il pense qu'on lui pique sa bagnole, c'est elle qui fait des vocalises.

*(Comme une révélation.)* Romane Serda, ça y est, je vois qui vous êtes ! *(Comme une récitation.)* Vous avez rencontré Renaud dans un jacuzzi à La Plaine-Saint-Denis… Il y avait Jean-Édouard, toute la clique… Depuis, Renaud vous écrit des chansons, dont la célèbre : « Ma cabane au Canada », c'est clair ! Faut être vigilant : l'an passé, on a reçu un type qui se prenait pour Mick Jagger. Il chantait la bouche en cul-de-poule. Un cul qui avait subi l'assaut d'une dizaine de coqs. À la fin du papier, je réalise que c'est Jean-Louis Aubert. Ne jamais crier victoire ! Stone et Charden, merci.

*Durant toute l'émission, en coulisses, assis sur une chaise, un homme un peu tassé, un peu fatigué, mitraille à l'aide d'un appareil numérique l'écran de contrôle de l'émission sur lequel se dessine le visage de sa femme. Elle, c'est Romane Serda, lui, c'est Renaud. Il ne boit plus de pastis, il est amoureux fou, comme s'il avait remplacé une addiction par une autre.*

*Quelques semaines plus tard, invité au « Fou du roi » sur France Inter, il brandit, fier comme Artaban, un test de grossesse, petit bâtonnet en plastique sur lequel sa belle a fait pipi. Pas avertie, Miss Romane goûte moyennement l'initiative de monsieur. On se pince, l'homme qui détestait les médias, l'auteur de « Crève salope » et de « Ma banlieue rouge », est-ce bien lui ?*

*Est-il utile de préciser que Renaud me déteste cordialement ? La dernière fois qu'il est venu à l'émission, durant ma rubrique, il a ostensiblement allumé une clope. Moi, j'étais plutôt content, re-voilà le Renaud qu'on aime, le rebelle ! Courte joie, il paraît qu'il vient d'arrêter de fumer. J'ai peur qu'il fasse d'autres enfants et qu'il achète un Espace. Renaud dans un Espace du même nom, pourvu qu'il s'arrête à temps !*

## CAROLE BOUQUET

*Carole Bouquet quasiment inattaquable. Heureusement, à l'époque, elle était encore avec Gérard Depardieu. Depardieu qui, grâce à Dieu, collectionne les casseroles. Et pas seulement depuis qu'il est restaurateur. Ce livre étant vendu en Belgique, il est important qu'il y ait quelques facilités.*

Certains regretteront que je ne fasse pas mon papier sur Jean-Pierre Castaldi[1]. Mais bon… Le dernier Castaldi que j'ai fait, j'ai été évacué par la sortie de secours… Je m'abstiens. J'ai donc fait Carole Bouquet… *A priori* moins risqué !

Carole, actrice française, belle, intelligente, talentueuse… Je prépare le terrain… Deux enfants, vit avec… *(Un temps.)* Zut, j'ai un trou de mémoire… Gérard Depardieu. Enfance difficile, parents divorcés, pension… Et, à l'époque, on ne pouvait pas appeler Carole Bouquet pour se plaindre et pour cause ! Jeune, vous n'acceptiez pas votre beauté : « J'avais envie qu'on m'aime pour autre chose que la forme de mon nez. » Une phrase qu'on attribue *à tort* à Michael Jackson.

---

1. Présent aux côtés de Carole Bouquet, ce jour-là, Castaldi père.

Michael qui ne parraine pas votre association « La Voix de l'Enfant », je précise pour ceux qui hésitent à appeler.

Très peu coquette, pendant longtemps le coiffeur fut pour vous le comble de la futilité. *(Coup d'œil à Bern.)* Parfois, vous savez, il vaut mieux ne pas y aller du tout. « Vous ne me verrez jamais entrer dans une parfumerie. » S'appeler Bouquet et bouder les parfums… un comble ! Pour être laide, vous vous mutilez avec des ciseaux. Chez certaines actrices françaises, on se dit : « Tiens, la bouche est ratée », en fait, c'est fait à la maison avec des ciseaux. La baronne Brandstetter a mis sa tête dans un presse-purée. Au Rwanda, en 90, les instituts de beauté travaillaient à la machette.

Et après, on appelle Carole pour se plaindre ! « Ah bah, non, à cette heure-ci, je fais mon vin, rappelez ! » Faut appeler dans les horaires : Carole travaille la terre, production d'huile, câpres et vin. « La scarole Bouquet » comme on l'appelle au pays ! Le vin, vous en vendez très peu… Comme Gérard vous rend visite. « T'aurais pu laisser des bouteilles aux clients quand même ! Et évite de boire l'huile d'olive, tu vois bien que les étiquettes sont différentes ! »

Carole, c'est aussi les écoutes téléphoniques : Mitterrand adorait votre voix. À l'époque, vous n'étiez pas avec Gérard, heureusement ! Sinon, il l'aurait appelé tout le temps[1]. « Oui, François, c'est Gérard, est-ce que

1. Depardieu a la réputation de ne jamais connaître son texte, de travailler au cinéma à l'aide de post-it et de se servir au théâtre d'une oreillette.

tu peux me donner le numéro de Carole, je l'ai encore oublié ! Merci, vieux ! »

Pour finir, vous et Gérard êtes propriétaires d'un restaurant : « Mademoiselle Bouquet, s'il vous plaît, y a du sel dans mes fraises ! – Excusez-moi, mon mari est en cuisine, je vous les change ! » Une petite idée au passage, ça s'appelle La Fontaine Gaillon. Que diriez-vous de La Fontaine Guillon, spécialité épicée ? Ça amusera Gégé ! Merci.

## JEAN-MICHEL JARRE

*La production m'avait demandé de ne pas évoquer l'affaire Jarre-Adjani encore brûlante à l'époque. Comme d'habitude, j'ai suivi leur directive à la lettre…*

Heureusement que vous étiez là cet été, Jean-Michel ! Qu'est-ce qu'on se serait emmerdé sans vous : pas de canicule, la Grèce qui gagne au foot… Jean Lefevre qui meurt… En temps normal, on a le droit à une vingtaine de rediffs… Là, c'est passé à quarante ! Et puis, tout d'un coup, le rayon de soleil : « Adjani : pourquoi je quitte Jean-Michel ? » J'étais avec un pote : « Adjani, c'est qui ? – T'as un dictionnaire du cinéma, regarde ! Elle a tourné au siècle dernier… Non, t'es trop bas là, Sarah Bernhardt, c'est le cinéma muet, remonte ! » Je pense pas que Jarre ait été avec Sarah Bernhardt, il a commencé très jeune, mais quand même !

À douze ans, il a perdu son pucelage sur une plage de Cabourg… Chut ! Si Adjani l'apprend… Quand tu sors avec elle, tu signes un contrat confiance, comme chez Darty : fidélité totale, avant la relation, pendant et après… Faut arriver vierge ! Alors Jarre, t'imagines ! Un garçon qui, en concert, change de clavier toutes les trente secondes… Là où Jean-Michel a ramé, c'est sur la clause : « Fidélité après la relation ». Oui ! Quand c'est fini avec Adjani, y a une période de vingt ans pendant laquelle tu t'engages à ne pas toucher une autre fille. Tu vis dans le souvenir. Tu tapisses ta chambre de posters, tu regardes *L'Été meurtrier* en boucle, tous les quarts d'heure, tu répètes : « Le petit chat est mort. » Les actrices de luxe, tu sors avec, tu les quittes, y a un délai. Tu ne peux pas enchaîner Adjani-Parillaud. Évelyne Thomas-Carole Rousseau : oui ! Je te parle de haut de gamme, de luxe ! Mais dans vingt ans, Jean-Michel sera libre. À soixante-seize ans, il en paraîtra quarante, la fille de Lorie sera majeure, il peut sortir avec, refaire deux, trois couv' de *Match*.

Adjani refuse le temps qui passe, chut ! Chez elle, toutes les pendules sont arrêtées. Elle a dix-huit ans et vient d'entrer à la Comédie-Française. Régulièrement, elle les appelle pour parler à Bernard Blier. La première fois, ils ont flippé, maintenant ils lui passent un imitateur. Toute la journée, elle se balade avec des tranches de concombre. Quand un homme la quitte, elle ne s'en aperçoit pas tout de suite… À cause des tranches, le temps qu'elle les soulève : « Il est où, Jean-Michel ? » Elle refuse la fuite du temps. Tous les soirs, elle prépare la popote pour les hommes de sa vie, elle sert des assiettes vides. À 23 heures, personne n'étant rentré, elle appelle les quotidiens : « Oui, c'est Adjani, Nuyten, Daniel Day-Lewis et Jean-Michel me trompent ! Est-ce qu'on peut faire la une là-dessus ? Et j'en profite pour vous annoncer un scoop : Je vais tourner dans *La Gifle* avec Ventura ! »

Tout cela est une fiction, Jean-Michel, un délire personnel, mon son et lumière à moi. J'imagine que la réalité est beaucoup plus douce ? Merci.

*Jean-Michel Jarre ne pouvait décemment pas rire pendant ma chronique. Il devait garder son sérieux, ne pas avoir l'air de cautionner mon propos. En grand professionnel des médias, il prit un air renfrogné et légèrement absent qui semblait dire : « Je ne suis pas au courant du papier de Guillon, je suis son otage. » Ce que je pris d'abord pour de la froideur fut, en définitive, une façon habile de se protéger tout en permettant à mon papier d'être diffusé. Par la suite, j'ai su qu'il s'était intérieurement beaucoup amusé…*

*Apprendre à décoder l'humeur de l'invité, ses réactions. Pourquoi untel ne rit pas ? Il aimerait rire, mais il ne peut pas car sa femme est en coulisses. Il rit bêtement à tout, même quand c'est pas drôle. Consigne de son attaché de presse : « Surtout aie l'air sympathique sur la chronique de Guillon ! » Combien de fois j'ai été blessé, vexé par la froideur d'un artiste dont j'étais fan, et puis, deux semaines plus tard, j'apprenais qu'il avait beaucoup aimé.*

## MARLENE JOBERT

*Marlène Jobert appartient à une catégorie d'invités, heureusement très réduite, où, pour des raisons totalement irrationnelles, la production entre dans une phase d'inquiétude vive ! Cette phase se manifeste par les questions suivantes : « Que va faire Guillon, avez-vous lu le papier de Guillon ? Dites-lui de ne pas l'assassiner ! »*

*Malgré une très grande liberté de ton, à laquelle je rends ici hommage, cette inquiétude arriva deux fois à son paroxysme. Une première fois lors du festival de Cannes où l'on me demanda de ne pas faire le portrait de Catherine Deneuve. Je m'insurgeai : « Catherine s'est fait si souvent refaire le portrait, franchement une fois de plus, on n'y verra que du feu ! » Bizarrement, cette phrase ne plaida pas en ma faveur. La deuxième fois, l'interdit portait sur la princesse Stéphanie : « Rien sur Stéphanie ! » Ou alors, me dit-on, un papier sur le cirque. Je déclinai cette proposition alléchante, mais, pour le coup, beaucoup trop sulfureuse !*

À quelques jours des fêtes de Noël, je me suis intéressé aux enfants, Marlène Jobert y sera sensible. Je vous propose quelques « idées cadeaux ». Pour les petits Américains, le coffret « Ben Laden » (*les Twin Towers en Lego plus un Boeing*). Le principe est simple, on développe l'imaginaire de l'enfant. Pour les petits Français, le coffret Ben Laden, version française (*une tour Eiffel en Lego plus un Boeing*). Maintenant qu'elle est éclairée, on peut même la viser la nuit. Pour les petites filles… Après la « Barbie casse-noisettes », voici « Barbie va au Rwanda ! », et tombe dans une embuscade. (*Je découpe les membres de la Barbie.*) Il y a également : « Barbie trompe son mari » (*la décapiter*). Ça lui apprendra à se laisser tourner la tête.

En revanche, si vos mioches ont été insupportables, punissez-les avec le coffret « Marlène Jobert ». Une demi-heure de conte musical, agrémentée de musique péruvienne… La musique péruvienne (*mimer*), c'est ce qu'on entend dans le métro à Châtelet-Les Halles… (*Montrer le coffret.*) S'en servir d'abord comme une menace : « Si tu ne t'endors pas, je te mets le disque de Marlène ! » L'enfant s'endort dans la seconde. Troisième volet de la collection : « Un jour tout là-bas… ». Si vous possédez l'intégralité de la collection, joignez Carole Bouquet, association « Enfance maltraitée ». Pas avant 17 heures : depuis qu'elle travaille dans le bordeaux, Carole goûte, personnellement, chaque bouteille.

Ce produit est réservé aux petits, mais il peut faire le bonheur des personnes âgées. Quand on est diminué, un hochet, une histoire de « Oui-Oui », ou « Palomita », ça fait toujours plaisir ! Quand Marlène parle, bien régler son Audika, elle a une toute petite voix, au besoin mettez un amplificateur. Ne convient pas aux moins de trente-six mois, c'est marqué sur la jaquette, et passé treize ans !

Si votre enfant se tire sur la tige en écoutant « Un jour au Pérou », offrez-lui le calendrier Loana[1]. (*Montrer le calendrier Loana. Photo Loana prenant un bain de mer.*) Très beau produit, malheureusement, il n'y a pas de CD à l'intérieur… On aurait aimé entendre ses pensées. Où est Jean-Édouard ? Bonne question. Il est dans l'eau ! Trente secondes plus tard, il sera sur

1. Ce soir-là, Loana était présente sur notre plateau au côté de Marlène Jobert.

Loana : photo prise trop tôt ! Cadeau qui peut aussi intéresser les vieux.

Pour Noël, la Mairie de Paris envoie des présents dans les hospices… Ceux qui n'ont plus leur prostate recevront « Palomita », ceux qui l'ont encore le calendrier Loana. Marlène, une école maternelle porte votre nom ; vous, Loana, ce sera une cabine de camion. Joyeux Noël à tous !

## DANIELA LUMBROSO

*Quelques mois à peine se sont écoulés depuis l'épisode Sophie Davant. « Le traumatisme » est encore grand. Groggy, le petit monde de l'audiovisuel relève la tête. Ce jour-là, pour tenir la main de Daniela, pour la soutenir face à l'horrible petite fouine de Canal +, une délégation de France 2, une bonne dizaine de copines, prêtes à en découdre si l'on touche à un cheveu de la belle. Croisant la délégation dans l'escalier, je comprends que je n'ai pas intérêt à moufter. Ma production est fébrile : depuis ma charge meurtrière contre la reine des cumulus, c'est la première fois que France 2 accepte à nouveau d'envoyer quelqu'un. Et si je l'ouvre, le blocus pourrait durer des mois, privé de stars de France 2 : adieu les William Leymergie, David Martin, Damien Thévenot, Tex et cie. Comprenez que la pression, ce jour-là, fut trop forte…*

Je ne vais pas me fâcher avec Daniela, c'est déjà fait avec Sophie Davant… Faut quand même que je garde deux-trois copines dans le métier. Certains s'attendent à une mise à mort : NON ! Je vais faire mon « Isabelle Giordano » quand elle croise Arthur à France Inter. « Arthur, j'adore votre univers, votre diversité, j'ai hâte de découvrir votre one-man-show au Cirque d'Hiver… *(Un temps, changement radical de ton.)* Dans un cirque, ça tombe bien, pourvu qu'il y ait des lions qui viennent vous bouffer ! » J'ai du mal à faire un compliment jusqu'au bout !

Daniela, samedi 2 avril, dans votre émission « Stars en duo et ensemble contre le Sida », vous avez interrompu Arielle Dombasle qui avait commencé à chanter, et ce pour nous annoncer la mort du pape. Cinq minutes avant, c'était Lorie qui chantait. Quel dommage de ne pas l'avoir interrompue, elle ! Là, pour le coup, on croyait en Dieu ! Jean-Paul II a fait son maximum. Sur TF1, le Saint-Père interrompait « Les 100 plus grandes gamelles du siècle ». Et Dieu sait si, en la matière, il en connaissait un rayon. C'est ce qu'aurait dû faire Dechavanne, si l'émission avait été en direct, en hommage, attribuer d'office la plus belle gamelle du siècle à Jean-Paul II. Deuxième : Pierre Palmade chez Drucker. Troisième : Régine, tous les matins quand elle se réveille.

Des émissions interrompues : une spécialité chez Daniela, puisque l'an passé, une « Spéciale Serge Lama » n'avait pas été à son terme. Dépassement d'horaire ! C'est dommage, ça partait très bien, mains baladeuses, confidences grivoises : « Avant un gros concert, nous disait Serge, je m'abstiens pendant quinze jours, pour une émission, c'est huit ! » Le hamster stocke dans ses joues, le lama dans ses testicules. Comment ça s'est terminé ? Seule Daniela le sait !

Sinon, dans les choses passionnantes vous concernant, on a l'embarras du choix : premier baiser à sept ans avec la langue, fait ses courses au marché Poncelet, a grandi avec un singe, n'aime pas les souris… Pourvu que personne ne meure, que je puisse aller au bout de cette chronique ! Imitait Sylvie Vartan à quatre ans, la perruque de sa mère vissée sur la tête… Ça faisait un copain au singe. Profession chanteuse, Daniela a chanté sous le nom de Coco Boer. Titre : « C'qu'est con riguediguedon ». Moi, ça me manque, j'aimais bien…

Mon rêve, ce serait une spéciale Lumbroso présentée par Lorie, dans ce sens-là ce serait plus juste. Dernier concert de Daniela : Lorie… Décidément ! « Avec ma fille Carla, nous sommes allées l'écouter à Bercy ! » Qu'est-ce qu'elle avait fait, la petite ? Une grosse bêtise. Moi, je ne suis pas pour des punitions aussi sévères. Quand j'étais petit, j'ai été voir Chantal Goya trois fois, ça m'a bousillé. Depuis, je suis devenu méchant, agressif envers le show-biz, une vraie raclure. Parfois, je fais des efforts. *(À Daniela.)* Avec vous j'ai été gentil. Faudrait qu'on prenne contact pour une émission, je fais un one-man-show à la rentrée… Moins drôle que celui d'Arthur… Mais enfin, je travaille !

*Certains s'attendaient, sans doute, à un texte plus relevé. C'est vrai que quand on la chance d'avoir Daniela face à soi, on est à la hauteur du cadeau ! Mais j'ai des circonstances atténuantes : la fébrilité de ma production, Miss Lumbroso qui s'était fait désirer plusieurs fois, l'affaire Sophie Davant encore toute chaude, des bruits inquiétants selon lesquels William Leymergie aurait déclaré : « À la place de Sophie, je l'aurais rossé ! » Rendez-vous compte, rossé par Leymergie, l'homme qui réveille la France dans la bonne humeur. Face à la pression, j'ai cédé.*

## STEPHANIE DE MONACO

*Portrait jamais écrit !*

*En réalité, Stéphanie de Monaco est venue deux fois à l'émission. La première fois, malgré quelques coups de téléphone inquiets de ma production, j'étais persuadé de faire son portrait. (Naïveté touchante du chroniqueur puceau.) Serein, le cœur léger, je pars pour un week-end à Nice. Et, durant le vol du retour, j'évoque avec ma fiancée mon futur papier. Je dis un truc du style : « Je vais me régaler ! » ou : « Elle va se souvenir du voyage ! » Pas plus, pas moins, je frime un peu, quoi. J'évacue mon propre stress.*

*Le lundi, alors que je m'apprête à écrire quelques feuillets joyeux sur l'inoubliable interprète de « Comme un ouragan », mon téléphone sonne. La voix de Jean-Louis Remilleux, très V^e^ République, et légèrement triomphante (il tient son effet) résonne : « Vous parlez trop ! – Pardon, Jean-Louis ? – Vous parlez trop dans les avions !* (Silence ahuri de ma part, moment idéal pour le coup de grâce). *Vous étiez dans un avion ce week-end, un Paris-Nice… Et le conseiller du prince Albert était assis derrière vous ! – Est-ce qu'il a oublié quelque chose sur son siège, Jean-Louis ? Puis-je être utile ? – TAISEZ-VOUS !* (Ton beaucoup moins V^e^.) *Vous avez tenu des propos déplacés à l'égard de la princesse, vous avez fanfaronné…* (Vocabulaire très V^e^.) *Et vous comprendrez que, dans ce cas, je ne peux plus vous laisser faire de portrait. Albert s'y oppose ! »*

*Je me souviens de l'arrivée de Stéphanie à l'émission, une cour impressionnante : secrétaires, gardes du corps, peut-être le fayot de l'avion qui avait bavé l'histoire à Albert. Jean-Louis, transpirant comme jamais, faisait des courbettes grotesques à la princesse, sorte de baise-main assorti d'une révérence, la grâce d'un David Douillet en tutu. Je me souviens surtout qu'on ne m'a pas présenté. Je n'existais plus : totalement transparent. « Gui-quoi ? Guillon ? Je ne connais pas ? Il fait un portrait satirique, dites-vous… Première nouvelle ! » Si vous êtes un tant soit peu sujet à la grosse tête, je vous recommande ce traitement, extrêmement efficace pour redescendre sur terre !*

# LES MONSTRES SACRES

## CLAUDIA CARDINALE

Un léger bémol à la présence de Claudia sur Canal. Ce matin, j'appelle papa qui est fan absolu pour lui dire que je vous vois… Il a fait une attaque, l'émotion. Quand je lui avais dit : « Je fais Line Renaud », il n'avait pas bougé d'un cil, et là… il s'est écroulé comme une merde. Depuis *Il était une fois dans l'Ouest*, à la maison, c'était l'enfer : des posters, des photos partout… Une culotte. Je ne sais pas comment ça se fait, y avait une culotte. Maman a été forcée de s'appeler Claudia, mes deux sœurs : pareil ! Mon frère s'appelle Claude. Un tempérament électrique, on l'appelle Clo-Clo. C'est pas courant. À la maison, papa dit : « Claudia, à table ! » Tout le monde arrive ! C'est le seul avantage.

Dès la sortie du film, il s'est identifié à Henry Fonda : il devenait taciturne, muet. Quand il était content, il écrasait une mouche. Il allait travailler en imper, bottes au pied, colt à la ceinture… En vacances, tous les films de la famille étaient cadrés sur nos yeux avec la musique de Morricone. Mes deux sœurs louchent, vous imaginez le tableau ! On lui a dit : « Ce type de plan ça va pas à tout le monde ! » Tu ne réalises pas un clip de

Gilbert Montagné à la Sergio Leone. Gilbert Montagné qui avait entamé une grève de la faim, y a deux mois. Il est peut-être mort, on nous l'a même pas dit. Autant se taper un bon steak !

C'est maman qu'a le plus souffert, forcée de s'habiller comme vous, Claudia. Je la revois faire ses courses, habillée d'une robe style Far West, une capeline sur la tête. Le seul jour de l'année où elle était bien, c'était Mardi gras. Et puis elle mesure 1,50 mètre pour 90 kilos, l'identification est difficile. Quand on arrivait en soirée, papa disait à ses amis : « Je vous présente Claudia Cardinale ! » Ça pouffait ! Il aurait dit n'importe quel autre nom : « Je vous présente Jacky Sardou », ça passait très bien !

On s'est inquiété le jour où il a vendu la R5 pour s'acheter un cheval. Et puis il est jaloux de tout ce qui vous approche. Quand on vous a prêté une liaison avec Jacques Chirac, il a voulu le buter ! Ils l'ont stoppé, le cheval était dans la cour de l'Élysée. On a essayé de le raisonner : « Papa, quand on a une aussi jolie femme que Bernadette, on ne découche pas ! » Mais lui, c'est le Far West, on ne touche pas à sa Cardinale. Il mourra bottes au pied.

S'il s'en sort, je lui apporterai votre bouquin[1]. La photo de nu, de dos, ça va lui plaire. J'ai peur qu'il tache la couverture tout de suite… Mais enfin, ça lui fera plaisir ! Par contre, que vous ayez marqué « Mémoires » sur la jaquette, ça va l'énerver. Je sais ce qu'il va me dire : « Une femme si belle, si jeune, ne peut pas écrire ses mémoires. » Enfin, il me le dira à la Henry Fonda, ça va

1. Mes étoiles, Michel Lafon, 2005.

prendre trois heures, il va écraser deux mouches et violer l'infirmière. Allez, ciao, Claudia !

*Mlle Cardinal n'a pas du tout apprécié que j'évoque cette fameuse rumeur, cette relation qu'elle aurait eue avec Jacques Chirac. Elle s'en est plainte à Stéphane Bern et à l'ensemble de l'équipe. Pour ma part, je n'ai jamais cru en cette histoire et c'est pourquoi je m'en suis amusé. Mais après, vu la véhémence de sa réaction, je me suis mis à douter : « Et si c'était vrai ? La belle Claudia avec le chef de l'État ? » J'espère pour lui que c'était avant son accident cérébral et ses troubles oculaires. Ne pas voir clair quand on a Claudia Cardinale dans ses bras, autant emmener Gilbert Montagné au musée du Louvre !*

## SEAN CONNERY

*Je n'ai jamais compris cette déférence, ce culte de ma production pour tout ce qui était star américaine. Culte qui confinait souvent à une dévotion dégoulinante assez grotesque. À ces occasions, le taux de sudation de notre bien-aimé producteur augmentait de 300 %, ce qui lui économisait une cure d'amaigrissement à Quiberon. Si tel chanteur hexagonal avait le droit dans sa loge à une bouteille de jus d'orange Leader Price assortie d'un vilain bouquet de fleurs, telle autre vedette made in US croulait sous les corbeilles de fruits et bouteilles de margaux. Bouteilles immédiatement troquées contre un pack de Diet Coke.*

*Malheureusement, ces traitements de faveur ne s'arrêtaient pas à l'agencement des loges. La star américaine est une icône, un grand enfant fragile qu'il faut absolument préserver. Des consignes aussi absurdes que : « Ne parlez pas de golf à Sean Connery, il vient de perdre un tournoi senior à Philadelphie ! », apparaissaient en lettres grasses sur les conducteurs. L'émission devenait une soupe assortie aux relents de « Diet » émis par l'invité. Fleurissaient, dès lors, des idées aussi originales qu'audacieuses, style : puisque Sean Connery est écossais, louons un orchestre de cornemuses ! On imagine le calvaire de Sir Sean qui, où qu'il aille à travers le monde, trouve un producteur qui, pour lui faire plaisir, convoque un parterre de rouquins en kilt.*

Sean : naissance à Édimbourg. Enfance miséreuse : premières nuits dans le tiroir d'une commode. Où t'as mis le p'tit ? demande papa. Dans le tiroir, répond maman. C'est une CONNERIE, dit-il. Ça vous est resté. Croissance normale. Taille : 1,89 mètre. Vous êtes sorti assez vite. Contrairement à une célèbre actrice française *(prononcer à l'américaine)*, Mimie Mathy… qui, elle, est restée enfermée dix ans ! Vous viviez dans un deux-pièces sans eau chaude. À huit ans, vous livrez du lait. Et, précision utile : à l'époque, vous ne jouiez pas encore au golf, c'est important. Missionnaire de guerre : à quatorze ans, vous vous faites dépuceler dans un abri anti-aérien par une femme affectée au bataillon de défense territoriale. Il fait que des CONNERIES, dira votre père. Tu l'as baptisé ainsi, t'assumes ! répond maman. Enrôlé à la Royal Navy durant quatre ans. Là, pour la sexualité, c'est une autre musique : ne pas ramasser la savonnette, évitez à tout prix le kilt, même si vous êtes écossais. Plusieurs petits boulots : chauffeur de camion, polisseur de cercueils. C'est vrai que quand on est à l'intérieur, si c'est bien poli, c'est plus agréable. Modèle à l'Académie des Beaux-Arts, vous posez nu à plusieurs reprises.

Un James Bond qui se dépucèle dans un abri anti-aérien, qui polit des cercueils et qui pose à poil… Heureusement que Roger Moore a pris la relève. En 1950, vous êtes troisième pour le titre de Mister Univers. Pour un gars qui a commencé dans un tiroir, c'est pas mal ! Une image d'une virilité absolue : buveur de whisky, tatoué sur les avant-bras, gifle une femme si elle se conduit comme une salope. La semaine dernière, on a fait une émission sur la Gay-Pride… Ça change ! Début au cinéma en 54, vos rôles de dragueur à deux balles vous valent le surnom de « Kiss kiss bang bang ». Je ne suis pas d'accord : tenir une érection dans un abri anti-aérien avec des tirs au-dessus de la tête, faut le faire ! Quand on sait qu'aujourd'hui une simple sonnerie de portable nous fait ramollir, c'est balèze. En 62, c'est la consécration : vous êtes engagé dans *James Bond*. Vous vous appelez Connery, le producteur : Broccoli, vous ferez un succès. À quoi ça tient le destin ? *Docteur No*, *Bons baisers de Russie*, *Goldfinger* : Doigt d'Or. L'ancêtre du Hot d'Or. James Bond se dépucèle dans des abris anti-atomiques, on gagne en standing.

Côté vie privée, Sean s'est marié avec Lady Connery… (Je les ai comptés.) Passion commune pour le golf. « Si une femme s'approche de Sean, je la tue. » Un coup de club dans la tête : terminé. Micheline travaille son swing, faut pas l'emmerder ! Sean est très fidèle, mais bon… Un avion qui passe, un pétard qui pète… C'est sa madeleine de Proust, on ne le tient plus. Voilà, mon papier est fini. Vu sa qualité, j'espère pouvoir briguer le titre très envié de Sir Stéphane grosse connerie. So long !

## DUSTIN HOFFMAN

*Comment faire le portrait de Dustin Hoffman ? Un CV d'une centaine de pages, plus de deux cents films dont une majorité de chefs-d'œuvre. La semaine précédente, je m'échauffais tranquillement sur Julien Lepers, et là : Dustin Hoffman ! Passer d'une Fiat Panda à une Testa Rossa n'est pas facile. J'avais rencontré le même problème face à d'autres grands, style Aznavour ou Michel Serrault. Le monstre sacré, la carrière quasi parfaite est un vrai cauchemar pour la petite fouine fouille-merde censée cracher son venin sur l'invité.*

*Ce jour-là, en clin d'œil au personnage de Tootsie, interprété par Dustin Hoffman, je me suis déguisé en vieille femme très stricte et j'ai pour l'occasion sacrifié ma barbe.*

Monsieur Bern, bonsoir, je me présente, Geneviève Orlando, née en 1927… Je suis la cadette ! *(Comme toute la famille, j'ai une petite coquetterie dans le regard.)* Au risque de vous gâcher la fête, monsieur Bern, je représente un collectif de téléspectatrices en colère, l'hospice Long-Séjour, l'Amicale Sophie Davant et l'association : Petit Pull marine *(se mettre à chanter, imitation Adjani)*, « Tout déchiré au coude, que j'ai pas voulu recoudre ! », qui milite pour le retour de M. Jarre chez Mlle Isabelle !

Vous m'avez déçu, monsieur Bern, je me souviens d'un garçon propre, bien élevé, membre de l'Action royaliste, lecteur du comte de Paris, journaliste au *Figaro Madame*... Toujours à son poste, jamais enceinte [...] Animateur de « Sagas », un physique courageux, un peu à la Bourbon, le front dégagé, l'acné florissante ! Mais là, votre côté chien fou, caniche frisé, je me libère, je montre ma verge dans *Paris-Match*... Dieu sait, pourtant, si mon frère s'est masturbé sur ce numéro... Je suis contre !

Vous avez la chance d'être épaulé par le délicieux M. Wizman... dont la drôlerie, la cocasserie et l'absence de vulgarité nous enchantent ! M. Wizman qui a eu le bon goût, cette année, d'arrêter de chanter... *(À Ariel.)* Merci ! Un tsunami, ça suffit. Je salue, aussi, la partie féminine de cette émission, intelligente, drôle et sexy : Muriel et Juliette. (Comme quoi ça existe !) Par contre, je regrette le départ du grand chroniqueur blond... Amanda Lear, dont les textes étaient aussi drôles qu'une pièce de Jean-Michel Ribes.

J'en arrive, monsieur Bern, à la principale revendication de notre collectif : « Une télé propre, tous ensemble pour un Téléthon de 365 jours présenté par Michel Drucker ! » STOP !!! à la présence nauséabonde de votre chroniqueur : M. Guillon, surnommé par une certaine presse : « Le Boucher de Bern ! », Desproges de supérette, physique à la Droopy, œil en couille de loup. Dès qu'il crache son venin... *(désigner Bern)*, le clone de Charles Trenet frétille sur sa chaise, joue les pucelles et glousse comme une dinde ! *(Imitation Bern :)* « Oh non, non, vous n'avez pas le droit ! »

M. Guillon a un CV qui l'autorise à se moquer : début au cinéma en 81 dans : *On s'en fout, nous on s'aime !* Deuxième chance accordée par la profession vingt ans plus tard. Une pièce de théâtre… *Pas de deux* ! Un téléfilm tourné avec Julien Lepers dont il ne se vante pas !

Nous réclamons : Que M. Guillon fasse son mea-culpa : plus aucune plaisanterie sur la canicule, le tsunami et la petite quéquette de M. Bern, trois catastrophes écologiques majeures ! En pénitence, qu'il lise, tous les soirs, à haute voix, une page des mémoires de Sylvie Vartan. Qu'il reconnaisse publiquement les mérites de Mlle Davant, qui, pendant des années, a annoncé de la chaleur en été et du froid en hiver ! Qu'il arrête de dire à son fils : « Si tu continues à être insupportable, je t'offre les contes de Marlène Jobert ! » Merci et bon vent !

*Récompense ultime : Dustin Hoffman, à la fin du papier, a chaleureusement félicité mon travail d'acteur.*

## JULIO IGLESIAS

*Iglesias, l'archétype de la star à l'ancienne. Arrive avec une vingtaine de personnes, attaché de presse, attaché de presse de l'attaché de presse, diététicien, kiné, kiné du chien, etc. Interdiction de prendre son profil gauche, utiliser des filtres orange, la chemise blanche sera repassée sur M. Iglesias cinq minutes avant l'émission.*

*Dans un genre un peu semblable, je ne résiste pas à l'envie de vous raconter mon premier contact avec Sylvie Vartan. Après avoir traversé une foule de fidèles en place depuis les années 60, l'impression bizarre d'être dans* Barry Lindon : *coiffeuse attitrée, capable d'effectuer à l'aveugle le célèbre brushing blond platine, copine avec la coiffeuse de Mireille Mathieu, spécialisée, elle, dans la coiffure dite « Playmobil », les deux ne devant, sous aucun prétexte, échanger leur poste ! Après avoir traversé cette vieille garde, « affable et souriante », visiblement ma réputation m'a précédé, je suis présenté à l'icône. Un sourire idiot barre mon visage, ému de découvrir en vrai le poster de la chambre de ma sœur, celui que j'ai tellement massacré à coups de Bic. Le poster s'anime et me dit : « Moi, je vous préviens, si on m'emmerde, je m'en vais ! » Tout compte fait, Vartan, je la préfère avec des moustaches.*

*Revenons à Julio, qui, bien que très entouré, reste infiniment sympathique. Non, lui, il n'a pas changé.*

Julio José Iglesias de la Cueva… Rien que le nom, tu niques ! Tu sors ta carte de visite : tu niques ! Julio José : le soutif se dégrafe. Iglesias de la Cueva : la p'tite culotte glisse ! Une plastique magnifique : mélange d'Alain Delon, de Franck Dubosc et du mari de Barbie.

Toi non plus, Julio, tu n'as pas changé… Enfin pas trop. Un lifting pour maintenir le bas du visage, une liposuccion des poches, deux-trois gommages et basta !

Sex-symbol depuis 14-18, ma grand-mère était dingue de vous. Elle, par contre, elle a changé : « Vous les femmes, vous le charme. Vos sourires […] nous désarment. » Quand elle sourit, on compte ses dents avec une main. « Vous si douce… » Maintenant que son bouc a poussé, elle pique moins.

Tout est érogène dans votre bio ! Né en Espagne, signe astral : Balance… Du genre à vous peser toutes les cinq minutes. « Non, yé n'ai pas changé… Merde, j'ai pris 10 grammes ! » Lieu de résidence : Punta Cana. Cinquante fois plus érotique que La Garenne-Bezons. Père gynécologue… Vous étiez prédestiné. « Vous les femmes, vous le charme… Est-ce que ça vous fait mal quand je vous mets un doigt ? » Papier romantique, c'est de circonstance. À 89 ans, votre père vous donne un p'tit frère. Avec le Viagra, la structure familiale bouge : « Chéri, prends ton skate et va voir ton frère à l'hospice… Et dis-lui qu'il n'a pas changé surtout ! »

Vie privée… Ah ! On arrive au morceau principal. Deux femmes… *(Un temps.)* À mon avis, il y a eu une panne informatique. Isabel, puis Miranda, rencontrée dans un aéroport. Vedette, c'est la belle vie : un aéroport, une correspondance un peu longue et crac ! Nombre de conquêtes supposées : 3 000. Ah ! Ils ont réparé l'informatique. Nombre de concerts : 5 000… Pour seulement 3 000 femmes… il y a des aéroports où vous êtes resté tranquille. Quand il n'y a pas de correspondance, tu niques dans les toilettes de l'avion *(geste d'ouvrir une porte)* : « Oh ! Prince Albert, excusez-moi, je pensais qu'il n'y avait personne ! »

Fortune estimée : 480 millions de dollars. Pour 3 000 pensions alimentaires : c'est peu ! Vous ne pensez qu'à ça. Un soir, à l'Olympia, vous dites : « Je veux qu'après le show, vous fassiez l'amour comme des fous ! » Le pauv' gars qu'était assis à côté de Régine. Une statue grandeur nature au Musée Grévin… Aujourd'hui, elle est sous verre. Les touristes s'y frottaient : c'était l'enfer ! Carrière, on n'en parle pas : plus grand vendeur de disques devant les Beatles, Elvis et Michael Jackson… Pratiquement que des morts et un pédophile… Ça reste une performance.

Papier un peu fleur bleue, Julio, mille excuses, mais moi non plus, « y'é n'ai pas changé, y'é souis toujours cette langue de poute qui balance des horreurs !

# LES ANCIENNES GLOIRES

## ANTOINE

Petite précision avant de démarrer : si j'arrive à écrire mes chroniques sur Canal +, c'est grâce à mes lunettes Afflelou. Alain me file un petit supplément pour dire ça, il est fou ! Un soir d'hiver 65, alors, qu'il écoutait à la radio : « Les Rois de l'accordéon » avec Yvette Horner, Antoine, jeune centralien, eut cette phrase terrible : « Ton accordéon me fatigue, Yvette, si tu jouais de la clarinette ? » Tout y est : une insolence rare, un sens de la rime inégalable. Après une nuit de travail, cet alexandrin au vitriol donnera naissance au grand tube d'Antoine… Ne cherchez pas, il n'y en a qu'un, *Les Élucubrations* : « Ma mère m'a dit : Antoine, fais-toi couper les cheveux. » Après ses attaques contre Yvette Horner, Antoine s'en prend à un autre mythe : Nounours et son célèbre « Bonne nuit les petits ! ». Les réactions sont d'une violence rare. Dans une station-service, on refuse de vous servir. Il y a des pompistes, mélomanes, qui refusent de faire le plein à certains chanteurs. Pour cette raison, Obispo finit souvent ses trajets à pied.

Insolent, mais aussi visionnaire. Antoine réclamait la pilule en vente libre, c'est chose faite. Antoine souhaitait voir Johnny en cage, ça pourrait arriver. S'il arrive malheur à notre Jojo national, qu'il garde ses lunettes Optique 2000, sous la douche ! Après votre tube, vous ne confirmerez pas vos formidables dispositions. Qu'à cela ne tienne, vous partez sur les îles, façon Jacques Brel. Vahiné, vahiné, tout n'est que vahiné… Tout le monde essaiera de faire revenir le grand Jacques à la chanson, vous, on vous foutra la paix. En 2003, sortie d'un CD tonitruant, des invités prestigieux : Frank Alamo, Hervé Cristiani, Frankie Jordan et Graeme Allwright. La maison de retraite La Roue qui tourne avait prêté gracieusement ses pensionnaires. Manque à cette distribution de rêve : Yvette Horner. Le *Guinness Book* le déplore : « C'eût été le groupe le plus décati de l'histoire du show biz. » Pour ce concert mythique : une sortie DVD. Sur la cellophane, un sticker : « Atoll Opticiens » rappelle aux personnes âgées qu'il faut mettre ses lunettes pour jouir de la qualité audio. Aucune sortie VHS, dommage : les vieux sont encore très nombreux à confondre lecteur DVD et grille-pain. Antoine, au revoir, faites-vous couper les cheveux. Vous aviez dit : « dans vingt ans », il est plus que temps !

*Antoine est désespérant de gentillesse. Que dire à un type qui, chaque hiver, nous nargue dans un décor de rêve, debout sur son bateau, gueulant pour nous fourguer une paire de lunettes ? Une question, peut-être, vu la couleur de ses chemises : a-t-il, sur ses montures, des verres appropriés ?*

## PLASTIC BERTRAND

Plastic Bertrand, en 78, quand on vous a découvert, c'était déjà inquiétant, vingt-six ans plus tard : nouvel album… Ça devient tragique ! Je ne sais pas si l'on peut décréter l'état de catastrophe naturelle pour la sortie d'un disque ? Je l'ai écouté jusqu'au bout. Tout de suite, j'ai appelé le *Guinness Book* pour les avertir. Ils m'ont dit : « Ça nous intéresse ! » Septième comeback… Le plastique, c'est indestructible : tu laisses une sandale sur une plage, cent ans plus tard, elle y est toujours. Ça se recycle très bien *(montrer le disque)* : nouveau look, coiffure à la Tintin, tu bidouilles deux, trois notes, tu ressors un album !

Et puis, avec le tri collectif aujourd'hui : les disques de Jenifer, Jonatan, Nolwenn, tu mets tout dans le même bac. Le titre, à lui seul, est un poème : « Ultra-terrestre ». Ça peut effectivement être commercialisé dans des galaxies lointaines. T'envoies le disque en orbite. Tant qu'il tourne autour de la Terre, c'est pas sur ta platine. En même temps, si c'est le seul témoignage de notre civilisation. Chanson n° 8 : « À oilpé sur le canapé, si tu veux de moi, je veux de toi. » Je me mets à la place d'un extraterrestre qui reçoit « Ultra-terrestre ». T'auras beau lui expliquer que Plastic était blond et belge. Au moins, on est sûr de ne jamais être colonisé !

Plastic Bertrand, un physique de mutant : Naissance, selon les journaux : 54, 57 ou 58… J'espère qu'il n'y en a pas plusieurs. Deux enfants : Cellophane et Papier Bulle. Oui, toute la famille, ils portent des noms d'emballage. Cellophane a voulu changer, Plastic lui a fait un sac. L'aînée est hockeyeuse professionnelle… Ça se comprend, tu patines, c'est physique, tu prends des coups de crosse, t'oublies que papa chante : « À oilpé sur le canapé ». Nom véritable : Roger Jouret. Le dernier Jouret célèbre, c'est celui de « l'Ordre du Temple solaire », adepte du barbecue : cinquante morts. « Mes frères, je vais vous faire écouter le disque de mon cousin Roger. – Non, non, on préfère s'immoler. »

Élève studieux, inscrit à l'Académie de musique, section : solfège et percussion. *(Se taper sur le crâne.)* Vous avez privilégié les percussions ? En 73 : « Vous êtes secoué par le mouvement punk. » Secoué, y a pas un mot plus fort ? 78 : Sortie de votre standard : « Ça plane pour moi ». Ça et « Comme un avion sans aile », c'étaient les deux tubes fétiches de la Flash Airlines. Je suis content de vous revoir… Ah oui, oui, oui… Je m'étais inquiété. On m'avait dit : « Plastic Bertrand est mort – Ah, bon ? – Oui, il s'est assis sur un radiateur ! » À l'époque, ça m'avait fait rire. J'avais quatorze ans, on n'est pas totalement fini.

*Plastic Bertrand était enchanté par son portrait… Aucune crise de nerfs, pas de porte cassée, aucune plainte de son entourage. À la fin de ma chronique, il se lève et m'embrasse comme du bon pain. En même temps, il est belge…*

## CARLOS

*Je ne savais pas quoi écrire sur Carlos. Pas beaucoup de biscuits : L'homme est discret, populaire, aucune affaire croustillante. Je suis resté plusieurs heures, prostré devant une feuille blanche à ânonner désespérément : « Oasis, Oasis, O. » Dans le même temps, j'ai évidemment fait partager ma mauvaise humeur à ma fiancée et à l'ensemble de la production. Et puis, tout à coup, l'éclair ! Je me suis souvenu de mes premières boums et du « Big Bisou » ! Sauvé…*

Carlos, merci, 100 fois merci ! J'ai roulé ma première pelle grâce au « Big Bisou » ! Premier baiser à treize, dépucelé à quinze, merci ! Que serais-je devenu sans vous ? Un animateur de talk-show asexué et coiffé comme un caniche *(regard vers Bern)*. Le « Big Bisou », sorti en 77, j'avais quatorze ans, en érection du matin au soir. Une fille dans tout le lycée acceptait de montrer sa foufoune, si on lui disait s'il te plaît. Tout le monde était très poli avec elle.

77… Des érections d'anthologie, un printemps qui n'en finissait plus, je soulevais mon pupitre avec. On mettait les mains au-dessus de la table, ça bougeait tout seul : David Copperfield avant la lettre. Harry Potter, pff ! Harry Potter n'a jamais soulevé une table avec sa queue. 77… Une disette sexuelle absolue ! Tout était bon, je me suis fait un melon, un avocat, un rôti tiède. Attendre que ma mère ait le dos tourné, faire vite, puis remettre la pièce sur la table du salon. Je me suis même fait une porte de placard, y avait un trou pour l'ouvrir. Pas si mauvais que ça finalement… Depuis, j'ai eu des filles plus froides que ma porte. Ça me rappelle une phrase de mon père : « Une Américaine qui bouge quand on la baise est une Anglaise. » 77, à la piscine, on faisait des concours de bite, je me rappelle d'un Martin monté comme un âne. On tirait sur les deux, trois poils qu'on avait pour les faire sortir du maillot… Christian Clavier dans *Les Bronzés*. Même la maîtresse ne voulait plus nous accompagner. 77… On était dans un état !

Là-dessus, Carlos et son « Big Bisou » arrive ! Le Carlos d'Oasis-Oasis de : « Qu'est-ce que t'as doudou, dis donc ? » On s'est dépucelés grâce à lui ! Brassens avec « Fernande » nous avait chauffés, Carlos nous donnait les clés, on allait enfin sortir Popol ! Tout le travail de Françoise Dolto, sa maman, se concrétisait : « Comment niquer à quatorze ans dans une boum ? » Arrivé à la fête en nage : j'ai dû me battre avec maman qui souhaitait m'accompagner à la porte. Je marche la main dans la poche, comment se déplacer en érection ? Ne pas mettre le « Big Bisou » d'entrée, chauffer la fille avec un Mike Brant. Évitez Mireille Mathieu… Ou alors juste pour ramollir : danser avec une main dans la poche n'est pas pratique. « Tiens, un gnome à lunettes a une érection sur du Mireille Mathieu ? J'avais donc été dans une boum avec Stéphane Bern sans le savoir ! ». Juste avant le « Big Bisou », ne pas se trouver à proximité d'un thon, sinon c'est avec elle que vous dansez. Définition du thon : première de la classe, une acné généreuse qui se voit même de nuit. Mais être à côté du canon de l'école, ou de celle qui montre sa foufoune à tout le monde. Un peu moins jolie, mais on s'amusera beaucoup plus ! « Émotion, grand frisson, sur la bouche, big bisou. » Merci Carlos !

## RICHARD CLAYDERMAN

*Pour ce papier, j'ai vraiment voulu me démarquer. Non que je sois fan de Richard Clayderman, pas de panique ! Mais, depuis quelques semaines, la majorité des présentateurs le massacraient avec un courage sans pareil. De par son parcours, son image, Clayderman est la tête de Turc idéale, l'archétype de l'invité sur lequel on peut se défouler sans conséquences. Je me souviens d'un coup de fil de ma production : « Clayderman vient, lâche-toi ! »*

*Les mêmes m'avaient dit, quelques semaines auparavant : « Doucement sur Aznavour ! Il nous fait l'honneur de venir, patati, patata et Jean-Louis*[1] *aimerait lire ton papier dès jeudi soir ! – Mais d'habitude c'est vendredi ! – Bah, là, c'est jeudi ! – OK, Aznavour est d'origine arménienne, je vais faire un truc sur les tremblements de terre là-bas. – Dans ce cas, il nous faudrait ton papier dès mercredi ! – Puisque vous me cherchez des noises, je vais parler du Charles Aznavour naturalisé suisse. – Dans une heure, je veux ton papier dans une heure ! » Au fil du temps, cela devenait un jeu, tout faire pour angoisser ma production.*

Je ne taperai pas sur Clayderman, c'est un peu facile. Richard n'est pas un piano, il en joue. Taper sur Clayderman, ça a été fait il y a quinze jours chez Fogiel. Ce soir-là, tout le monde trouvait le film d'Édouard Baer génial… Certains sans l'avoir vu. Édouard peut faire une grosse merde, c'est super, c'est Édouard ! Dans le même temps, tout le monde trouvait Clayderman ringard. L'émission est un dîner de cons : ce soir-là, Richard régalait ! La semaine prochaine, à qui le tour ? Les paris sont ouverts. Alors, pour regarder l'émission

1. Jean-Louis Remilleux.

de Fogiel, je vous propose cet appareil qui sort dans le commerce… *(Sortir un casque de walkman et le mettre.)* C'est un traducteur, sorte de filtre à connerie, quand on vous dit : « C'est génial », l'appareil vous dit : « Attention, c'est peut-être de la merde ! » Et, inversement, quand on vous dit : « C'est de la merde ! », l'appareil vous dit : « Attention, c'est peut-être très bien ! » 15 euros, c'est son prix pour une télé moins show-biz…

Richard, vous avez été l'idole de ma sœur quand elle avait dix ans et demi. C'est l'époque où elle collectionnait les crèmes Yves Rocher au chèvrefeuille. Certainement une forme d'engrais, plus elle en mettait plus son acné fleurissait. Vous êtes arrivé après Mike Brant, vous la rassuriez : « Jamais Richard ne sautera par sa fenêtre avec un piano à queue ! » Jaloux… Sur vos posters, je dessinais des bites. À côté de « Ballade pour Adeline », j'avais marqué « Grosse pine ». Aujourd'hui, pour me rabibocher avec ma sœur, je prends votre défense. Qu'est-ce qu'on vous reproche, Richard ? « Mireille Mathieu du piano. » C'est pas sympa pour Stéphane[1] et puis bon… vous êtes quand même plus sexy. « Mozart de supermarché ». Tous les chanteurs passent en supermarché, d'Aznavour à Céline Dion. Nique ta mère est peut-être moins présent sur la période de Noël, et encore ! Mozart aurait rêvé de passer en supermarché. À l'époque, les gens détestaient sa musique… Trop de notes ! C'est bien le mélange des genres ! Aujourd'hui, on prend bien un animateur de talk-show pour interviewer le président de la République, soyons fous !

1. Stéphane Bern.

Clayderman, star planétaire : huit cents millions de Chinois ont assisté à son concert devant leur télé… Ah oui, mais bon… Ça, c'est pas possible, Richard ! Vous êtes connu en dehors de la France, le centre du monde et du bon goût ! Vous habitez à Biot, Alpes-Maritimes… *(Ton très snob.)* Vous n'êtes pas parisien… Vous n'avez pas votre table au Costes tous les soirs ? Vous n'étiez pas à l'anniversaire de Cathy Guetta, on ne vous a pas offert le dernier portable Nokia qui fait micro-ondes ! Je regrette d'avoir fait un papier sympa, je ne pensais pas que vous étiez aussi « ringue » ! *(Remettre le casque.)* Je suis désolé, je retire ce que j'ai dit. Je vous laisse, j'ai une soirée au Matis, des amis très bien !

## SONIA DUBOIS

Sonia Dubois, très beau bébé : 5 kilos à la naissance. Ça fait trois côtes de bœuf. Battue par Guy Carlier : 12 kilos, ça fait un veau entier. Mme Carlier accoucha chez un vétérinaire. Mme Fogiel aussi : une portée de six… Chez le roquet, c'est classique. Le p'tit dernier était très « Mof », très très « Mof », avec des implants sur le devant, une horreur… Ils l'ont gardé, je l'aurais noyé !

Sonia Dubois, un physique en béton. Petite, vous aviez des rondeurs, des lunettes, un appareil dentaire et vous zozotiez. *(Imitation Besnehard.)* « Sonia Dubois, je l'adore, ça pourrait être ma fille ! » Premier grand soutien-gorge à dix ans. On dirait la bio de Rocco Siffredi : premier slip extra-large à neuf ! Mère italienne… Pour faire un régime, c'est terrible. Mère éthiopienne, c'est mieux : « Tu re-veux un peu d'eau avec ton riz ? » Ou père rwandais, pour maigrir… *(Bruit de cisaille.)* Une jambe en moins, ça fait 15 kilos tout de suite ! Pensionnaire, vos parents vous envoient des menus minceur : tout le monde fait des batailles de purée et toi, tu bouffes des sucrettes ! Une grand-mère à la Tatie Danielle : « T'es tellement grosse, t'as le cerveau embué de gras ! » Et après, on nous demande de travailler le lundi de Pentecôte pour aider les vieux. Patience : le mercure grimpe, on fera les comptes en septembre ! Mariée en 87 avec Christophe. Toujours ensemble… Toucher Dubois porte-bonheur.

Passionnée de mode, vous entrez à « Frou-Frou ». Christine Bravo, c'est le contraire : elle s'est élargie avec le temps. Si vous n'avez pas un poste 16/9, elle sort du cadre. En 94, après une télé au côté de Gérard Holtz… *(geste pour signifier qu'il est très mince)*, vous perdez 60 kilos en deux ans. C'est le régime Lagerfeld avec malheureusement le look assorti : jean taille Biafrais, minerve pour maintenir la tête, doigts entièrement bagués : avant, ils étaient boudinés, maintenant, on dirait des pattes de poulet. Il y a aussi le régime Sulitzer, qui, lui, n'aurait jamais dû maigrir : poussé dans l'escalier par la délicieuse Eva[1], il aurait rebondi ! Pour la petite histoire, vous vous êtes fâchée avec Christine Bravo *avant* votre régime. Si, demain, vous vous réconciliez, reste 60 kilos de graisse, avec lesquels Christine est à jamais brouillée. Peut-être vous en veut-elle d'avoir maigri : à 129 kilos, vous auriez fait une attrac-

1. Sombre histoire : la fiancée de Paul-Loup Sulitzer, Eva Kowalewska, fut soupçonnée un temps de l'avoir poussé dans l'escalier.

tion formidable dans son parc au Mexique. Voilà, chère Sonia, papier un peu lourd, c'est de circonstance. Je vous embrasse.

## SAMANTHA FOX

*Pour ce portrait, malgré tous les efforts du traducteur pour adoucir mes propos, je dois vous avouer que Samantha a fait la tête… Le flegme britannique en a pris un coup…*

Aujourd'hui, nous recevons Samantha Fox, qu'il faut désormais appeler Sam Fox… Dans la presse, plutôt une belle image : « Bimbo blonde, connue pour avoir une taille de bonnet supérieure à son QI. » C'est ce qu'on appelle un compliment, j'aurais pas fait mieux ! Des rumeurs de bisexualité, selon les journaux : vous êtes hétéro en France et homo en Angleterre. Dans l'Eurostar, vous changez de partenaire sous le tunnel. Ce sont des petits réglages. En voiture : côté français, on fait une gâterie à son compagnon de gauche ; en Angleterre : un cunnilingus à sa voisine de droite. On pense à la célèbre expression française : pédé comme un Fox.

Vous naissez à Londres, famille pauvre : à dix ans, vous travaillez chez un fruitier, vos jambes sont appareillées, vos dents baguées. Vous n'avez pas changé, c'est incroyable, le temps n'a pas de prise sur vous ! À seize ans, premier miracle, vous posez seins nus dans le magazine *The Sun*. L'Anglais se masturbe volontiers sur le *Sun*. Ici, on n'a pas d'équivalent… Allez vous faire une douceur sur *Le Figaro*. Deuxième miracle,

Sam dévoile le bas dans *Penthouse*. Pour l'occasion, elle enlève son appareillage aux jambes. Il le fallait, sinon ça devient une revue érotique pour pèlerins à Lourdes. Des clichés sans vulgarité, je vous cite : « Il s'agissait de photo d'art, j'ai fait beaucoup de pub pour les dentifrices. » J'ai vu la taille des brosses à dents, c'est impressionnant ! Citons une réflexion de votre mamie après sa lecture du *Sun* : « Ma chérie, je n'aime pas ta coiffure ! » Nous aussi, on a une grosse vedette, ici, qu'a posé nue dans un magazine… (*photo Bern/ Paris Match*) : sa coiffure n'allait pas !

Premier contrat musical à quinze ans avec la maison de disques Lamborghini… Spécialiste en châssis et belle carrosserie… Les airbags viendront plus tard. Premier single à vingt ans, intitulé : « Touche-moi ! » Votre père, ancien bagagiste, devient votre manager et part avec la caisse. Appel à Lorie, dont le père gère les intérêts : « Lorie, si tu nous entends, fais gaffe ! » Des albums très aboutis, plusieurs tubes dont le célèbre : « Juste une nuit ! ». C'est sûr, si Sam débarque avec ses fers aux jambes et ses dents baguées… Ce sera : « Juste une nuit » ! C'est dommage parce que les mensurations de Sam : 91-78-79 pour 1,55 mètre, l'impression de coucher avec un cube, un Petrucciani à l'anglaise, sont appétissantes.

Actualité… Ah ! Y'a une actualité, j'avais pas vu ! « Sam est censée sortir un album prochainement. » C'est un nouveau concept, dorénavant, nous recevrons des gens « censés » faire des choses prochainement. Si vous pensez faire une pièce, un film, un album… écrivez-nous, ça nous intéresse ! Bye-bye !

## FREDERIC FRANÇOIS

Cette semaine, nous recevons Frédéric François et Richard Clayderman… On a eu un prix de groupe ! Après une semaine passée à Bourges, il y a des rentrées difficiles ! Frédéric François, sa vie, son œuvre… Mesdames, sortez vos mouchoirs, émotion garantie ! Né en Sicile, le petit Franco Barracatto s'exile en Belgique à un an et demi. Il y a des gens qui ont quitté leur pays pour la Belgique, ça paraît impensable, Fredo l'a fait ! Enfance pauvre, première guitare à douze ans. Premier groupe : « Les Éperviers », deuxième : « Les Tigres sauvages ». En même temps, « Les Tigres domestiques », ça fait couillon.

Frédéric François est un pseudo. À l'époque, la mode était au double prénom : Claude François, François Valery. Claude étant devenu Clo-Clo, vous auriez pu vous choisir… Fré-Fré (ça fait rire mon fils, c'est le principal). Dans les années 70, vous dissimulez l'existence de votre femme : « Une idole de la chanson ne pouvait être que célibataire. » Une technique encore utilisée par Pascal Sevran. On ne sait toujours pas qui est Mme Sevran ! Et heureusement : ça tuerait des milliers de vieilles.

Une carrière bien remplie, premier disque : « Petite fille ne pleure pas ». Si vous ne lui faites pas écouter, il n'y a aucune raison qu'elle chiale. Deuxième disque : « Je voudrais dormir près de toi. » Là, elle va se remettre à pleurer. Troisième : « Je n'ai jamais aimé comme je t'aime. » Tout est bon pour amener la fille au pieu et se la taper… J'essaye d'être le plus romantique possible,

Fredo, coller à votre univers. Quatrième album, ça dégénère : « Je t'aime à l'italienne ! » On peut aussi faire ça à la turque, à la papa, en levrette, en missionnaire. Nouvel album : « On s'embrasse, on oublie tout. » C'est un peu facile quand même ! La fille pleure, elle ne veut pas, vous la baratinez, vous la prenez à l'italienne, et après, on s'embrasse, on oublie tout !

Vous avez été un gros dégueulasse, Fredo, à vos débuts. Depuis, ça s'est arrangé : « Mon cœur te dit je t'aime ! » Début de la chanson : « La maison a l'air plus grande, surtout la chambre. » Pour la prendre à l'italienne ? « Il ne reste rien de toi que ton parfum. » Bah, ouvre la fenêtre. « Si je chante, c'est seulement pour me retenir de pleurer. » Le gars, ou il chante, ou il pleure, on comprend que sa femme soit partie ! « Hier encore, je t'ai fait chauffer du café, je dois perdre un peu la tête. » Je vous le confirme ! « Mon cœur te crie je t'aime à chaque fois qu'il bat ! » C'est sûr que s'il s'arrête, il ne doit plus crier grand-chose. Voilà, mon papier est fini !

À la fin du mois, Frédéric François part en croisière : récital sur le *Costa Classica*, départ de Nice. Ça tombe bien, les vieux y habitent, ils sont sur place pour embarquer. On attend d'être en pleine mer, une échancrure dans la coque : le problème des retraites : terminé ! Moi aussi, Frédéric, je suis un grand romantique ! Je vous aime… Euh… À ma façon !

## YVETTE HORNER

*L'invité âgé n'est pas facile à traiter. Il est généralement dur de la feuille. Il faut bien articuler, évi-*

*ter les expressions trop modernes, l'argot, etc. Il faut faire rire sans blesser. Cela dit, depuis la canicule 2003, on peut chahuter nos vieux plus aisément. Qu'est-ce qu'une vanne bien sentie, comparée à une privation de bouteille d'eau, ou à une clim' déréglée ? Sans compter ceux qui ont mis le chauffage en août pour accélérer le départ de mamie. Des gestes simples qui ont fait évoluer les mentalités et permis à mon travail de se démocratiser. À tous, MERCI !*

Après Brigitte Fontaine, voici Yvette Horner… Beaucoup de courrier : « À quand Sarah Bernhardt ? » On y travaille !

Yvette, Vévette pour les intimes, toute petite, vous vouliez faire du piano, mais vos parents, fans de miniatures, vous mettent un accordéon sur le dos. Petrucciani, c'est le contraire : il voulait faire de l'accordéon et, à six mois, son père lui colle un piano à queue sur le dos. Avec les conséquences qu'on connaît. Jusqu'à dix-huit ans, le petit Petru… Enfin, « Crêpe » : les enfants sont méchants… « Crêpe » travailla pour se payer ses leçons de piano. Heureusement, à l'époque, le sculpteur César démarrait ses compressions, Petrucciani posait dans son atelier. Des histoires comme ça, il y en a des milliers : Mimie Mathy, jusqu'à dix-huit ans, pensait jouer de la contrebasse. Quand elle apporta son instrument chez le luthier, il lui dit : « Eh bien non, mademoiselle, c'est un violon ! »

Yvette, votre papa, couvreur de profession, vous accroche votre premier accordéon sur le dos à l'âge de onze ans. Interdiction de le retirer. Vous ne le quittez plus, comme une deuxième peau, vous dormez même avec. Pendant la puberté, c'est pas terrible, les seins ne peuvent pas se développer… Ils partent sur le côté. Ou ils ne poussent pas… Petite, Jane Birkin fut accordéoniste.

Vévette, vous êtes la Cosette de l'accordéon : 100 000 kilomètres par an, un concert par soir, six heures d'affilée, 12 kilos à bout de bras. Le corps entier est maintenu dans une gaine. N'espérez pas faire de l'accordéon en string ! Sans son instrument, l'accordéoniste penche en avant, on dirait Garou dans Quasimodo. La nuit, après un concert, sa main continue à faire ça… (*balancer la main).* Pour celui qui dort à côté, c'est hyper chiant ! Yvette, vous avez tout fait pour rendre l'accordéon attrayant : une couleur de cheveux à base de jus de citrouille. Des tenues dessinées par Gaultier, que vous surnommez le Picasso de la mode. En vérité c'est lui qui, une fois, vous ayant vue sans votre instrument, s'était écrié : « Oh, un Picasso ! » Vous avez tout fait pour nous faire aimer l'accordéon, tout ! Vous avez joué derrière le Tour de France dans une voiture à toit ouvrant. À l'époque, pas de produit dopant, quand t'as Yvette qui joue dans ton dos, crois-moi, tu pédales ! Faudrait peut-être mettre Lorie ou Ève Angeli…

Vous avez tout fait, tout tenté : Vévette, symbole de la France, marraine des gueules noires, sponsorisée par les Vins de France et les alcools Suze. Sponsor partagé à l'époque avec Régine, vous touchiez le chèque, elle buvait les caisses. Vous avez été Mlle Suze… Mlle Suze (s'use) et vous êtes toujours là… Quelle santé, Vévette !

## SYLVIA KRISTEL

Le film *Emmanuelle* est sorti en 74. À l'époque, Sylvia, vous n'aviez pas pu honorer notre invitation. Nous sommes heureux trente ans plus tard de vous recevoir. Beaucoup d'invitations furent lancées en 74 : Joe Dassin, Claude François, Mike Brant… Rares sont ceux qui tiennent leur promesse, encore une fois : merci !

En tout cas, c'est bien vous. Sans le fauteuil malheureusement, l'osier avec les années, ça ne tient pas, ça jaunit… Moi, j'étais très excité par le fauteuil. Maïté dans votre fauteuil… À condition qu'elle y rentre, j'y vais tout de suite. Par contre, Claudia Schiffer sur une chaise en skaï… (*grimace de dégoût*). Je suis très sensible au support. *Emmanuelle*, un film de Just Jaeckin… Avant, les gens l'appelaient François Jaeckin, lui répondait : « Non, non, juste Jaeckin ! » Et c'est devenu son nom.

*Emmanuelle*, le plus grand succès de l'histoire du film érotique : 500 millions de téléspectateurs. Ça fait à peu près : 2 300 000 branlettes. En litres, ça équivaut au lac de Genève. Sylvia, reine de l'érotisme, un long cheminement : plusieurs films d'auteur dont le très beau *Les chattes mouillent* en 72, ancêtre du documentaire animalier. Après y a eu « 30 millions d'amis », « L'Odyssée Cousteau ». Un film avec Claude Chabrol : *Alice, ou la dernière fugue*, dans les *Contes* de Perrault, je préfère : « Ça glisse au pays des merveilles » avec Brigitte Lahaye. Emmanuelle, sortie nationale en 74, j'avais dix ans, je me rappelle l'affiche sur les Champs- Élysées : le fauteuil, la fille avec les nénés. Mon frère et moi, on était déçus, on voulait voir sa culotte : « Est-ce que c'est la même que la femme de ménage ? » Mon père conduisait comme s'il avait un torticolis, ma mère le pinçait : « Pierrot, la route, s'il te plaît ! » Trois ans plus tard, on repasse sur les Champs, mon frère et moi en pleine puberté, chacun un torticolis… Mon père regardait ses pompes : entre-temps, il avait été voir le film et… il s'était fait gauler. Cinq ans s'écoulent, je repasse, cette fois-ci : seul ! Papa s'était barré avec la femme de ménage.

Cinéma Le Triomphe, 6 décembre 1981, le jour de mes dix-huit ans… Emmanuelle à nous ! Aucun torticolis, mais la main dans la poche pour pouvoir avancer ! « Un, un, un billet s'il vous plaît. » Pour des raisons inconnues, j'imite Francis Perrin. La salle : dix années d'*Emmanuelle*, le monde entier s'était tiré sur la tige, fauteuil d'origine, l'impression de s'asseoir sur un bâton de colle Uhu. Le film commence : déception totale… Le mannequin qui suçait un Miko à l'entracte, c'était de loin le truc le plus excitant. Je sors, je croise notre vieille femme de ménage. Surtout ne pas regarder sa culotte, garder ses rêves d'enfance intacts.

## CLAUDE LELOUCH

Claude, vous avez découvert le cinéma sous l'Occupation, premier choc avec *Blanche-Neige*, j'imagine que, pour vous, c'est une émotion immense de rencontrer un des Sept Nains ? *(Désigner Bern.)* Sept, c'est aussi le nombre de vos enfants. Vous en souhaitez treize, votre chiffre fétiche… À 66 ans, le Guinness Book et le Viagra sponsorisent cette tentative. Vous êtes un homme à femmes, une technique de drague très au point, vous tournez autour de la victime en chantant « Chabadabada ». Avoir le pied marin, ne pas vomir en voiture, au bout du quinzième passage, la fille épuisée cède ! Trois refus de la part de cosmonautes russes qui avaient l'habitude de la centrifugeuse.

Sept enfants, malheureusement, l'aînée est… animatrice à « Fort Boyard » ! Problème à la naissance, elle a dû manquer d'oxygène. Du moment qu'elle n'épouse pas Olivier Minne, Musclor… Peut-on dire à ce garçon que la mode Rocky est finie depuis vingt-cinq ans ? Sept enfants avec cinq femmes différentes… Vous êtes battu sur le fil par Bokassa et Mobutu.

Dans le magazine *Elle*, vous dites : « Les femmes, c'est comme les voitures, certaines consomment 5 litres aux cent, d'autres 30… » La mienne c'est plutôt du 2 litres, moteur de tondeuse, ça se démarre au poignet. Là, elle a 40 ans, je pensais m'en débarrasser dans les cinq ans… Vu ce que vous dites, ça fait réfléchir. Telle qu'elle est, elle peut encore intéresser quelqu'un : les seins sont moins fermes, mais bon… Bien présentée, elle peut partir. On est sur du petit entretien, on liposucce, on enlève une varice, c'est rien. L'idée, si je vous suis, mon Claude, c'est de prendre une jeunette et on me fait une reprise sur l'ancien modèle ? Faut que j'en trouve une qu'écrive mes chroniques. Rentabiliser l'affaire. C'est un calcul : entre les frais d'avocat, la pension pour les gosses… Est-ce que j'ai pas intérêt à la pousser jusqu'au bout ? À 60 ans, une femme n'est pas finie… Il suffit de tomber sur un antiquaire. Là, on est dans le romantisme absolu. On imagine Deauville l'hiver, la brume, la voiture de sport, Trintignant faisant des appels de phare et tout d'un coup Régine qui déboule… C'est pas la caméra qui tourne, c'est elle. Elle fait trois mètres, lui roule un patin et s'écroule sur le sable : fuite au niveau de la transmission. Tous les liquides ingurgités la veille : Vodka, Pastis 51, Johnny Walker, finissent sur la grève. Chabadabada. Enfin pimpon-pimpon, le Samu arrive, *Un homme et une femme*, version gore, clap de fin. Scénario brut de pomme… Comme on dit en Normandie !

*Ce premier portrait de la saison amusa Claude Lelouch, mais pas du tout sa fille, Salomé, qui fut notre invitée quelques mois plus tard. C'est l'avantage des familles de vedettes : avec un seul papier, fâchez-vous avec tous les membres d'un clan.*

## VINCENT PERROT

Vincent Perrot… Le Peter Pan de la télévision ! Gendre idéal, bronzé toute l'année, regard bleu acier : une pub pour Ultra-Brite, Michel Drucker en plus frais ! La bonne humeur, l'œil pétillant, sportif, plein d'entrain, l'impression qu'il descend en permanence d'un télésiège et qu'il vous lance : « Alors, les gars, on s'en fait une petite ? » Même en dormant, il doit vous sourire. Un vrai comte, ce Perrot : appart à Paris, villa avec piscine, voitures rapides… Toujours célibataire… À mon avis, y a un loup. Fan de dragster : huit mois de préparation, quinze secondes de plaisir : une sexualité à l'identique ?

Vincent Perrot, le modèle, l'exemple… Le Marlon Brando du troisième âge que ma grand-mère avait mis dans un cadre sur la cheminée et qui, toute l'année, nous souriait, la veste nonchalamment jetée sur l'épaule. Un temps, il fut rejoint par Julien Lepers… À la mort de mamie, on a mis le tout à la poubelle : soulagement ! Perrot qui, à quinze ans, avait réussi, alors que moi, à trente, j'étais toujours aux Assedic : dîner chez mamie trois fois par semaine, c'est gratuit ! *(Imitation grand-mère.)* « Pourquoi tu ne contacterais pas M. Perrot ? Ce garçon plein de ressources, qui certainement te donnerait deux-trois conseils pour ta carrière ? Le théâtre, tu n'as que ce mot à la bouche, anime un jeu, gros bêta ! » Alors, fatalement, quand Vincent s'est mis à faire du dragster, je me suis passionné, je regardais la télé en croisant les doigts : « Il va se planter, il va se planter ! » *(Voix de la mamie :)* « Dis donc, tu l'aimes maintenant, M. Perrot ? – Oui, grand-mère, je l'adore ! » Ah, cette canicule que j'ai souhaitée pendant des années !

Vincent est plein d'entrain, chef de bande, meneur de groupe ! « Le soir, dit-il, quand je décide de voir un film, les autres me suivent, c'est à prendre ou à laisser ! » Comme Vincent vit seul, il est toujours d'accord avec lui : « Les gars, *La Septième Compagnie*, ça vous dit ? » *(Silence de mort.)* « OK, c'est vendu ! Ah je suis content de passer la soirée avec moi ! » *(Il se donne l'accolade à lui-même.)* Avec les filles, c'est pareil : un sketch de Franck Dubosc à lui tout seul ! « J'ai un faible pour les blondes aux yeux bleus, même si je n'ai pas rencontré ma fée Clochette ! » « Hé, chérie, on sort ce soir ? » *(Silence.)* « Bon, je vais me faire un hachis parmentier Findus et un gros câlin ! Il est où mon *FHM* ? »

*(Voix grand-mère :)* « Stéphane, pourquoi, tu prends pas Vincent comme prénom ? Lagaf, Mc Doom, Perrot ?

Y a des prénoms porte-bonheur ! » *(S'adresser au ciel.)* « Oui, mamie ! Au fait, c'est quand sa prochaine compét' de dragster ? Qu'il aille te rejoindre, ton Perrot ! »

## DOMINIQUE ROCHETEAU

Je suis content de vous voir, Dominique… Trente ans que j'attends ça ! Je me suis dit : si un jour je le chope ! Qu'est-ce que vous avez foutu le 12 mai 76, à Glasgow ? Une finale de coupe d'Europe, perdue 1-0 contre le Bayern de Munich ? Coup de franc de Roth… Battu par un Allemand qui s'appelait Roth ! Ma vie s'est arrêtée ce jour-là. Celle de ma sœur deux ans plus tard, le 11 mars 78, quand Clo-Clo a imité Gilbert Bécaud dans son bain… Monsieur 100 000 volts ! « Allez les Verts », je chantais… Et elle : « Il est tout vert ! » 57e minute, but de Roth… Pour Muriel, Juliette, Ariel et moi, c'est un traumatisme. Bern s'en fout… Il attend patiemment que l'émission se termine. En 76, il commençait tout juste à se caresser sur des numéros de *Point de Vue – Images du Monde. Onze, France Football*… Il n'a jamais vu un ballon, il découvrait attendri deux minuscules cochonnets entre ses jambes. 12 mai 76… Coup franc de Prout… De Roth, pardon. Ça fera rire les enfants, c'est le principal. Nous avons perdu un 12 ; le 13 au matin, je décidais de ne plus rien faire. Une suite d'échecs : renvoyé de tous les lycées, réformé P4, recalé au permis… Engagé chez Bern. Bern : « C'est un échec, je vous le confirme. »

Il est touchant, votre livre, Dom', y'a de belles photos… Et puis c'est vous et Robert Herbin qui aviez lancé la coiffure Stéphane Bern, trente ans avant tout le monde, des visionnaires ! C'était la mode : short moule-boules, tee-shirt Manufrance, caniche mort sur la tête. C'est l'époque où le football était encore le football... Quand on voit que David Beckham a claqué 500 000 euros en un après-midi de shopping avec Madame... Voir cette photo, où vous êtes assis, fier comme un paon, dans une Coccinelle décapotable achetée grâce à plusieurs mois de salaire à l'AS Saint-Étienne, c'est touchant ! En même temps, votre femme est plus jolie que Victoria Beckham, aussi classe qu'une calandre de BMW. On vous voit aussi au Paris-Saint-Germain à l'époque où Paris marquait des buts... Pas contre son camp, non, non, non... Dans les buts adverses. Paris a marqué, si, si... Y'a des images d'archives. Rocheteau, c'était l'époque où l'on se demandait : « Faut-il aller jouer en Argentine sous la dictature militaire ? » Aujourd'hui, personne ne s'interroge : « Faut-il aller jouer aux JO chinois ? » La Chine nation sportive, excellente en tir, en tir de près, balle facturée ensuite à la famille du condamné : pas de grandes équipes sans une gestion rigoureuse ! Bravo, Dominique, mais tout de même... C'était compliqué d'en mettre un ce fameux 12 mai 76 ? Merci.

## SMAÏN

*Le portrait de Smaïn fut difficile à écrire : une carrière qui démarre en trombe, un phénomène national, le premier comique beur, succès, salles bondées, etc. Puis une carrière qui s'étiole, des films qui ne marchent pas et l'émergence d'une nouvelle génération portée par Jamel. Difficile de dire à quelqu'un : « Le début vachement bien et puis à partir de 1990, qu'est-ce que vous avez foutu ? » Il fallait donc trouver une pirouette... Après plusieurs heures d'errance, de sueurs froides, à un quart d'heure de l'émission, la série « Commissariat Bastille » m'offre sur le fil une conclusion inespérée.*

Smaïn, votre vie est un spectacle : âgé d'un jour, votre mère vous abandonne au très prestigieux dispensaire de Constantine, sorte de « Star Academy » du bébé. Vous pleurez, vous gesticulez comme personne, c'est un succès, les sœurs de Saint-Vincent vous adoptent ! Lors d'une tétée, sœur Cécile vous remarque et vous emmène à Paris. Aucun souvenir de la traversée et pourtant : le roulis du bateau, le ressac et les deux airbags de sœur Cécile... ça ne s'oublie pas. À l'arrivée, des parents adoptifs se présentent. Parmi eux, Philippe Bouvard, jeune journaliste, hésite. Il a vu plusieurs bébés, un premier lot : deux petits Blancs et un Noir, surnommé « Les Inconnus », comme vous, ils n'ont pas de parents, et une moitié de bébé, une tête accrochée à des pieds : une certaine Mimie Mathy... Vous serez, finalement, adopté par Isa et Bouboule. Enfance heureuse et cathodique.

La télé vous fascine, télé en noir et blanc... Avec que des Blancs : vous avez beau tripoter le contraste, ça ne change rien ! À treize ans, vous perdez votre père adoptif et faites une entrée réussie à la Dass ! Certains crient à l'injustice. C'est vrai que, quand on a la chance de démarrer au dispensaire de Constantine, être admis dix ans plus tard à la Dass, ça sent un peu le piston ! Vous êtes ce qu'on appelle un enfant de la balle... Balle dans la gueule, bien évidemment ! On vous met directement chez les cas sociaux. Vous l'avez cherché : quand on naît arabe, on évite d'être orphelin. On fait votre lit en portefeuille et, petit plus maison, tous les établissements ne le font pas : quelqu'un défèque dans vos draps. C'est l'école du rire, la plaisanterie durera trois ans.

En 81, Bouvard se décide enfin à adopter, il prend « Les Inconnus », Mimie qui n'a pas grandi et vous. Au total, vingt pensionnaires hétéroclites et bigarrés. La couleur est là, bien là. Trop peut-être au goût de certains : « Il y a une tache sur ma télé ! » La tache ne part pas, saute dans tous les sens, déclenche le rire, Smaïn est né. Bon… Quand on a fait Constantine, la Dass et Bouvard, qu'on a eu toutes les cartes dans son jeu, il était temps ! De cette époque, on retiendra le rire de Fifi, si particulier… *(Trembler.)* On pense à un porcelet branché à des électrodes. Pensée émue pour ce tuteur, qui, aujourd'hui, tremble encore. Ce n'est plus vous qui le faites rire, c'est la maladie de Parkinson.

Les années 80 sont vos années : vous enchaînez les succès, une Victoire de la Musique et un Molière, « A star is beur ! ». Restons vigilants, il y a des spectacles d'humour beur qui ont moins bien marché que le vôtre : je pense à celui d'Omar Raddad et Dieu sait si son duo avec Ghislaine Marchal était plutôt réussi. Ça n'a pas suffi ! La route est longue : je lisais votre CV. En 2000, vous tournez : « Commissariat Bastille », en 2001, vous tournez toujours « Commissariat Bastille », en 2002, pareil. Trois ans pour le même film… Comme quoi, un Arabe, quand il met les pieds dans un commissariat, même si c'est pour y bosser… il n'est pas près d'en sortir !

# LES NAZES

## EVE ANGELI

*L'invité de téléréalité, la dernière vedette Kleenex du moment, anonyme hier, star aujourd'hui et qui demain pointera aux Assedic. Souvent, la production m'appelait en me disant : « Tu vas être content, on reçoit Loana et Jean-Édouard... Pour toi, c'est du gâteau ! » C'était, au contraire, un véritable casse-tête. D'abord, je n'aime pas tirer sur les ambulances : « À vaincre sans péril... » Ensuite, je ne disposais que de très peu d'éléments pour travailler, de « biscuit », comme on dit chez nous. Les biographies de ces vedettes d'un jour tiennent la plupart du temps sur un post-it. Combien de fois, j'ai pu lire : « X, finaliste de la "Star Ac'", aime le pédalo et flâner au clair de lune. » Débrouillez-vous avec ça ! Mais attention aux apparences, aux* a priori *: Ève Angeli joue aux idiotes, mais ne l'est pas tant que ça. Ce jour-là, heureusement pour moi, j'évitai le piège. D'autres s'en souviennent encore*[1].

1. Guy Carlier, ancien chroniqueur chez Fogiel dans le très regretté « On ne peut pas plaire à tout le monde », se fit river son clou par la belle Angeli.

Il y a des choses passionnantes dans les bios des invités, par exemple : « Ève Angeli est allergique aux poils de chat. » Ève Angeli ? Ça ne me disait rien… Qu'elle soit allergique aux poils de chat, ça m'a fait mon week-end. Si la semaine prochaine on pouvait trouver un chat allergique aux poils d'Angeli, ça serait top ! Ce soir, on est gâté, c'est plus un CV, c'est un bêtisier. Y a qu'à recopier ! Vous êtes née un 25 août à Sète, comme Brassens… Seul point commun, rassurez-vous. À Sète, ils sont emmerdés : le chanteur maison, c'était Brassens ; maintenant, c'est Ève Angeli. C'est une région qui tient par son tourisme, si les gens ne viennent plus… Votre enfance : petite, vous portez un appareil dentaire… Information capitale : vous n'êtes pas seulement allergique aux poils de minou.

En 2005, vous jouerez une comédie musicale intitulée : *Elephant Man*, est-ce que vous remettrez votre appareil ? Début à « Graine de star » sur M6. Laurent Boyer vous révèle, ainsi que Lorie et Alizée. Si, un jour, y a un tribunal international pour la défense de la chanson : Boyer prend perpette ! Dans le *VSD* d'août 2004, vous déclarez « avoir séduit votre compagnon en lui chantant du Francis Lalanne ». Plus loin, vous dites : « Maintenant, je sens qu'il regarde l'être humain *avant* la chanteuse. » Forcément, si vous lui avez chanté du Lalanne… Votre compagnon, c'est lui qui écrit vos textes : « Laisse-moi un peu de toi, aime-moi rien qu'une fois. Rien qu'une fois. Aime-moi ! » J'imagine que, vous aussi, vous regardez l'humain avant l'auteur. Moi, j'aurais écrit : « Aime-moi rien qu'une fois sans mon appareil dentaire ! »

Aujourd'hui, vous revenez en force après une place de deuxième au concours de l'émission « La ferme ». Je ferais bien un concours « La ferme ! » destiné aux chanteuses. À votre retour de Visan, votre compagnon parsème la couette de pétales de roses. Après deux mois passés dans une ferme, c'est un minimum. Franck Dubosc tombe sous le charme et vous demande d'assurer sa première partie à l'Olympia. C'est pas parce qu'il tombe sous le charme qu'il doit vous punir ! Parlons maintenant de vos qualités… Ça tombe bien, il me reste deux lignes : de l'humour, de l'autodérision et une grande lucidité. À « La ferme », vous avez déclaré : « Je ne sais pas pourquoi, j'ai le cerveau monté à l'envers. » Tous ceux qui vous ont regardée, plus de 12 millions de Français pensaient avoir le leur monté à l'endroit.

## MELANIE COSTE

*Je l'ai dit et redit, j'ai connu parfois de grands moments de solitude comme faire un papier sur Séverine Ferrer et sa passion du poney ou sur Mélanie Coste, « écrivain » pour le magazine* FHM.

*(À la manière de Pivot, lunettes de presbyte sur le nez.)* Aujourd'hui, nous recevons l'auteur, l'écrivain, la romancière… Mélanie Coste, ancienne actrice porno devenue journaliste dans le très prestigieux magazine *FHM*… Qu'on ne présente plus… *(Montrer la couv'.)* Ce mois-ci, un formidable édito : « Faites l'amour comme une lesbienne ! »

Mélanie, votre venue enchante les grands amoureux de littérature que nous sommes, merci d'être là, vous êtes rare en télévision, un an sans apparition, que devenait Mélanie ? La question était sur toutes les lèvres. Expression qui vous est chère puisque vous êtes bisexuelle. Être auteur pour *FHM*, n'a pas été facile, vous le dites : « Ils m'ont fait confiance, aujourd'hui, mes textes sont validés à 90 % ! » Quand, ce mois-ci, vous écrivez : « Soirée entre filles », une histoire de caresses à travers des nuisettes, on reconnaît tout de suite le style Coste. Il y a aussi le style Lacoste avec le crocodile. Faudrait, d'ailleurs, lui trouver un copain qu'il puisse se distraire.

Mélanie, naissance à Bordeaux, études : y a rien, certainement un oubli. En tout cas, une formation très solide : 90-63-87. Cheveux blonds et ça, ça se sent à travers votre prose, toutes les deux lignes, on se dit : « Oui, c'est une vraie blonde ! » Vous passerez cinq ans dans une agence de voyages… Vous remplissez des billets d'avion, premier contact avec la littérature… Puis vous démissionnez pour vous lancer dans la pornographie. C'est indispensable ! Imaginez : vous regardez un film de fesses à la télé et, le lendemain, en réservant vos vacances de ski, vous reconnaissez la fille… Elle suce son Bic en vous proposant un trois-pièces à Val-d'Isère.

Comment devient-on une des grandes plumes de *FHM* ? Quelle est la journée type de l'écrivain Mélanie Coste ? Quand Adrien de Toulouse vous demande : « Peut-on faire l'amour dans une baignoire avec un préservatif lubrifié ? », vous avez cette réponse magnifique : « Non, l'effet ventouse serait fort désagréable ! »

À quel moment, Mélanie, sent-on qu'on a la phrase parfaite ? Est-ce que le mot « ventouse » vous vient tout de suite, est-ce que « organe de succion » n'aurait pas été mieux, ou « rondelle de caoutchouc » ? En tout cas, on aime le style Coste, il vous prend aux tripes, vous emporte et ne vous lâche plus !

Je termine avec ce très beau passage sur le préservatif qu'on pourrait appeler : « Lettre à Adrien ». Lire à la télé, c'est un peu rébarbatif, mais là, y'a un vrai plaisir du mot : « À l'instar des Gremlins, les préservatifs n'apprécient guère le milieu aqueux. » Avec le double sens du mot « aqueux », très classe, toujours de bon goût, qui va parfaitement avec le grand magazine littéraire qu'est *FHM* !

## BILLY CRAWFORD

Avant de commencer, Billy, au nom de tous les Français, du président, des ministres, du staff de l'émission, en *mon* nom : merci ! Merci d'être sorti avec Lorie pendant tant d'années. Dont deux passées chez son père, ça compte triple ! C'est plus que de la positive attitude. Je ne sais pas si l'on vous a fait chevalier de l'Ordre du Mérite… Vous le méritez ! Trois ans de vie commune : Vous aussi, vous aviez besoin… *(se mettre à chanter)* de bisous, de câlins, j'en veux tous les jours, c'est comme ça !

Vous vous rencontrez sur « Fort Boyard ». Pour gagner une clé, il fallait sortir avec Lorie… Mission plus qu'accomplie ! Personnellement, j'aurais préféré les tigres. Une séparation douloureuse : « Lorsque j'entends sa voix, dites-vous, j'ai mal ! » *(Un temps.)* Moi aussi ! Ça me transperce. Bon, il y avait de l'eau dans le gaz : vous lui offrez une montre et un pendentif… En échange, elle vous écrit une chanson : « Baggy, bandana et poésie », sacré motif de rupture ! « Fort Boyard », parfois, y'a de mauvaises surprises, le gage, c'était : « Sortir avec Lorie », le traducteur oublie de vous dire que c'est seulement pour la durée de l'émission… Vous vous la coltinez trois ans ! Ç'aurait été avec le nain Passe-Partout, on se serait dit : « Que du bonheur ! » Lorie : pas de bol !

Billy, vous êtes né à Manille en mai 82, Taureau… Tant mieux pour Miss Câlin. Y a des subtilités dans votre bio, y a marqué : « Est allergique aux poils de chats », et juste en dessous : « A dansé avec Michael Jackson… » Donc, vous n'êtes pas allergique aux poils de Bambi. Père ingénieur, votre mère était sa secrétaire alors qu'il était marié… Donc, papa rentrait après 22 h 30. Lui aussi avait besoin de bisous, de câlins, à cheval sur la photocopieuse, c'est comme ça… Enfant précoce : à trois ans, vous dansez dans un bowling. Trois ans, c'est petit, on peut être confondu avec la boule : « J'ai fait un strike ! – Oui, mais c'est avec mon fils ! » Disque de platine, on s'en fout ! En Hollande, pendant un concert, les filles vous lancent leur culotte avec leur numéro de téléphone dessus. Si c'est la culotte de Maïté, on peut mettre en plus un CV, une adresse et deux-trois recettes de cuisine. « Aimerait découvrir le Brésil », où là, les culottes sont très fines. Mettre le numéro de téléphone sur la ficelle.

Bon, bah, je crois qu'on a fait le tour, Billy. Courage, la vie continue ! Priscilla doit être formée maintenant.

Faites un « Fort Boyard » avec elle cet été et voyez si y'a pas un truc à faire. 1,47 mètre. Priscilla, elle est en body rose à lacets. Passe-partout est en marinière, ne les confondez pas ! Bonne chance !

## VIRGINIE EFIRA

J'ai lu la bio de Virginie Efira pendant les vacances, j'avais un peu honte, je me planquais. Et puis finalement, sur les transats d'à côté… Oui, j'ai été au soleil, faut bien que je dépense la tune qu'on me donne pour écrire des saloperies. J'ai hésité entre l'Inde et les Caraïbes, j'ai opté pour les Caraïbes, la plongée en apnée c'est pas trop mon truc… Sur les transats d'à côté, y a un gars qui lisait *Voici*, un autre qui faisait des mots fléchés, et je me suis dit : « La bio de Virginie Efira, finalement, c'est bien ! » En vacances, on a le droit d'être con, c'est fait pour. *(Montrer la bio.)*

Virginie Efira, état civil et parcours… Attention, ça vide la tête, ne pas s'endormir, les soleils d'hiver sont terribles… Le plagiste m'a averti : « On a eu deux touristes qui se sont assoupis sur les mémoires de Sylvie Vartan, le passage où elle explique que Johnny faisait du Shopper le dimanche après-midi. » Ils ont été brûlés au troisième degré ! Virginie : « Blonde, née à Bruxelles. » Ça commence très fort… C'est une des meilleures attaques que j'aie eues… Ça et : « Séverine Ferrer aime le bouddhisme et les poneys. » Ce sont des phrases, tu les répètes : le papier est écrit ! « Blonde, née à Bruxelles », tu sens ton cerveau s'engourdir. Prendre un bain de mer, relever le dossier du transat, rester éveillé ! Le gars du *Voici*, sur « Emmanuelle

Béart nous présente son nouvel ami », il ronflait tête en arrière…

« Virginie a présenté la “Star Ac’” belge » : C'est un pléonasme, la « Star Ac' » ne peut être que belge. Élue dans son pays : « Meilleure présentatrice 2002 ». Arrive en France, auditionne pour la météo à M6. Ce sont les équivalences… Flavie Flament, qu'a été meilleure présentatrice ici, elle va en Belgique, elle est prix Nobel de physique… Ça fait froid dans le dos. Voiture : « Virginie possède une Citroën C3 », information *VSD*. En vacances, j'ai loué une Twingo. Vous me donnez une info capitale sur votre vie privée, je vous en donne une sur la mienne. Cette année, je rends coup pour coup, faut pas me faire chier ! « Actrice préférée : Nicole Kidman. » Ce qui serait intéressant de savoir, c'est si Nicole possède une Citroën C3 ? On se ferait vraiment plaisir !

Très vite, M6 vous fait confiance : vous présentez « La Saga des baffes ». M6, ils sont comme ça : ils voient « blonde et belge » sur un CV, ils t'engagent ! Et puis, y'a des déclarations qu'ont dû jouer pour vous : « Je ne fais pas de topless parce que je suis pudique », « J'ai deux portables : un pour la Belgique, l'autre pour la France ». Vous pouvez vous appeler ! *(Bâiller.)* Le sommeil me gagne, Virginie, trop c'est trop, tant pis pour les coups de soleil ! Merci à Canal pour ces mots fléchés.

## SEVERINE FERRER

Je ne vous connaissais pas du tout, Séverine, je voyais pas qui vous étiez ? Et on m'a dit : « Mais si, Séverine Ferrer, c'est celle que Jamel a baptisée le

Poney ! » Là-dessus, je tombe sur la couverture d'*Entrevue. (Montrer le journal.)* Je ne trouve pas que vous ressembliez à un poney ! La crinière peut-être, mais le reste... Jamais un poney ne mettrait une guêpière. Pour des raisons de sécurité : les enfants montent dessus ! Un poney femelle en porte-jarretelles, le mâle qui la suit, la grimpe : l'enfant tombe ! J'ai parcouru *L'Imagerie du poney... (Montrer le livre.)* Essayez de comprendre : « Le poney est gentil, ses longs poils le font ressembler à une peluche. Adulte, il mesure moins de 1,48 mètre au garrot. » Ah, c'est ça, c'est ça ! Y'a aussi le cheval miniature, appelé falabella, qui a la taille d'un caniche. Jamel ne vous a jamais appelée Falabella ?

Après, j'ai fouillé votre CV : Séverine Ferrer, enfance à La Réunion... Ah ! *(Lire le livre.)* « Les poneys sont nés dans des régions rudes où la nourriture est rare, ce qui explique leur petite taille. » À l'âge de sept ans, vous êtes sacrée « Mini Miss »... Le grand rêve de Mimie Mathy, « Mini Miss ». Les écharpes, ils les font avec des bandeaux de tennis. La Mme de Fontenay locale fait 1,12 mètre... Avec son chapeau ! Chez les Ferrer, on est Miss de génération en génération. Votre mère a été Miss Sourire, puis Miss Maman. Aujourd'hui, elle est Miss Grand-Mère *(mimer un dentier),* elle ne peut plus être Miss Sourire !

En 91, départ pour la métropole, début dans « Classe mannequin » avec Vanessa Demouy qui s'est fait refaire les naseaux et le poitrail, mais n'a rien d'un poney. Entrée à M6... Qui n'est pas une chaîne de bourrins. Cherchons côté cœur... Ah, voilà ! Une aventure avec Pascal Obispo. Très belle variété de poney : le shetland à houppette. Chauve avec une petite touffe sur le dessus. Il hennit malheureusement très souvent, c'est très pénible. Comprendre le poney : si les oreilles sont pointées vers l'avant, il est de bonne humeur. Si elles sont plaquées contre la nuque… *(désigner Séverine Ferrer)*, ce qui est le cas actuellement, il est en colère.

Le grand moment de votre vie, c'est votre rencontre avec le Dalaï-Lama. Espèce très sympathique de lama : souriante, gentille, amie des poneys… Espèce un peu conne quand même. On termine par votre album : « Séverine Ferrer ». Vous inventez des mots : « Tu transparences, je t'apparence. » Vous devriez écrire avec Jean-Claude Van Damme. C'est un cheval de trait croisé avec un âne, sans arrêt *aware*. Bon, ma ruade est terminée, je regagne mon box. *(Hennir et quitter le plateau.)*

## KYO

*(Personnage d'ado attardé, voix de fausset.)* Ben, Nico, Flo et Fab, salut : Steph ! Quinze ans et demi… Presque seize ! Je suis fan, kyophile à donf. Je pense Kyo, je mange Kyo… Ma devise : « Si t'es pas Kyo, t'es cuit ! » Mon père était fan de Kyokyo… Le chanteur de variét' mort dans son bain. Moi aussi, j'ai la rock attitude : hier soir, j'ai dit « merde » à maman, j'ai veillé jusqu'à une heure du mat' et, y'a six mois, je suis passé du Champomy à la Tourtel ! J'adore vot' musique, je suis fan depuis que vous avez fait la première partie du rocker rebelle… *(Un temps.)* Pascal Obispo. J'étais au concert à Amiens… Ouais… J'ai fait le déplacement…

J'ai fugué avec la voiture de mes parents… Et mes parents, mon père conduisait.

Musicalement, vous êtes hyper forts : quatre Music Awards en 2003. Le reste du palmarès est à la hauteur – révélation francophone : Nolwenn ; artiste féminine : Jenifer. Un grand cru… Faudra jeter toutes les bouteilles. À ce propos, vous avez composé un tube pour Jenifer : « Je veux t'oublier ! » Nous aussi, on aimerait l'oublier. Moi, je pense que vous allez durer. Vous me rappelez les 2 B 3, en plus rock ! Eux, on sentait qu'ils partaient pour longtemps. Ils le chantaient d'ailleurs : « Partir un jour ». Ils ont tenu leur promesse !

J'ai vu que la célébrité, c'était super dur à vivre pour vous. Y'a une déclaration de Ben dans le magazine rock… *Télé-Loisirs* : « Hier, avec Nico, on a voulu aller au McDo… Ça n'a pas été possible. » Vous dites aussi : « Y'a des moments, où t'as envie d'être sale, de puer de la gueule et qu'on te foute la paix ! » C'est sûr que d'aller au McDo, ça aide à avoir une haleine de bouc. Ce qui est super avec vous, les Cakes… les Kyo, pardon, c'est vot' côté proche du public, à l'écoute. Quand Flo déclare (Flo… le Guitariste, pas la brasserie parisienne), quand Flo déclare : « On reçoit des lettres de nos fans disant qu'on les a sauvés du suicide grâce à nos chansons », ça me parle vachement ! Moi, c'est quand j'ai reçu le disque de Jenifer… *(Un temps.)* Je suis descendu à la cave chercher une corde. J'aime aussi beaucoup : « Cet été, on a joué à l'hôpital pour des ados leucémiques, un des meilleurs moments de leur année. » C'est sûr… Au Téléthon, ils sont forcés de se farcir Luc Plamondon. Pauv' mômes, c'est pas parce que t'as plus de jambes que t'as plus d'oreilles.

Je termine par une inquiétude, dans le magazine *Rock Sound*… un *Télé-Loisirs* en plus dur… Benoît raconte qu'il fait des conneries, que, côté baston, il en connaît un rayon, et qu'il est alcoolique. Benoît, au nom de tous tes fans, ne deviens pas notre nouveau Jimi Hendrix. Dans l'histoire du rock, une overdose au Champomy… ça la foutrait mal ! Salut, les Kyo, je vais me coucher, demain y'a école. Je vous laisse reprendre la route, le chemin… Regagner vos terres de rock, de métal, votre Liverpool à vous : Saint-Germain-en-Laye. Ne changez rien, restez vous-mêmes, vous êtes si Kyo !

# LES ENFANTS DE STARS

## LUDOVIC CHANCEL

*Un papier pas évident, il y a les fils de stars qui brillent, tel Vincent Cassel. Ceux qui ne brillent pas, mais ne s'en rendent pas forcément compte, petite pensée à Salomé Lelouch. Et puis les autres, les oubliés, ceux qui ont eu du mal à pousser dans l'ombre de parents trop présents. Difficile de les assassiner.*

Aujourd'hui, nous recevons Ludovic Chancel pour un bouquin intitulé *Fils de*. Fils de qui ? C'est une devinette ! *(Un temps.)* Jacques Chancel ! Donc, papier très chiant. T'imagines la vie du môme… Pas le genre à se faire savonner par son beau-père sous la douche. On tourne le bouquin : « Ludovic : fils d'Annie Chancel, dite Sheila. » Ah ! c'est plus croustillant. Ça pourrait être pire : fils de Mireille Mathieu ! Quoique le môme ne survivrait pas. Donc, Sheila n'est pas un homme, une bonne fois pour toutes ! Pour cette raison, Ludovic ne porte pas de couettes, sinon, il relance la rumeur. Le seul, dans le show-biz, à avoir osé la couette, c'est Pascal Obispo avec une seule, derrière le crâne. C'est très courageux et puis, pour faire les poussières dans les coins, il n'y a pas mieux !

Fils de Sheila *et* de Ringo… On se fait plaisir jusqu'au bout ! Ringo qui n'a pas fait carrière, à cause du pull qu'il portait à la maternité. *(Photo.)* C'est le genre de connerie qui coûte cher. Depuis Stéphane Bern, on peut s'habiller n'importe comment et réussir… À l'époque : NON ! Stéphane, qui a longtemps chanté du Sheila sous la douche avec ses petits camarades de colo : « Donne-moi ta main et prends la mienne… » Fils de star, un métier très dur, on l'a vu cette année avec Salomé Lelouch qui ne peut pas jouer dans un théâtre sans que les pompiers débarquent, pensant qu'une alarme s'est déclenchée.

Un livre très fort, des moments tragiques : accident de scooter, drogue, prostitution… Et surtout : un stage chez Michel Drucker. T'imagines l'enfer des parents quand ton môme t'apprend qu'il est pris sur « Vivement dimanche ». (Bénichou ou la chienne, tu les fais piquer, ton môme, tu es forcé de le garder !) Une enfance très douloureuse, Ludo. En plus des pulls de votre père, Sheila vous donnait des biberons vides… *(Photo.)* Il n'y a pas que les gondoles qu'elle avait laissées à Venise. Sheila est parfaitement maquillée, coiffée, éclairée par des projecteurs de 1 000 kilowatts et pendant ce temps le p'tit se déshydrate. Si ça se trouve, il a fait caca depuis trois jours, on ne sait pas ! Sur cette autre photo, vous noterez que Sheila est habillée avec les doubles rideaux. « L'école est finie ! » À mon avis, elle n'a pas dû suivre tous les cours.

En résumé, Sheila n'est pas un homme, c'est la bonne nouvelle de la semaine ! Demain, nous recevons la grande fille d'Amanda Lear : Roberto, qui vient d'avoir un fils avec la chanteuse anglaise Boy George, venez nombreux !

## KYLE EASTWOOD

Kyle, votre papa, c'est Clint Eastwood, le célèbre inspecteur Harry. Nous, en France, on a l'inspecteur Sarkozy… Presque la même chose : légèrement plus petit, 1,55 mètre, David Pujadas sur des talonnettes. Mais il a la grâce de votre père, une démarche féline : entre le manchot et l'autruche. Une élégance naturelle, le même couturier que François Hollande : sa veste lui arrive aux genoux, on relance la mode de la queue-de-pie.

C'est un gars qu'a un emploi fabuleux : Hollywood devrait l'engager, il peut tout jouer : *Blanche-Neige et les Sept Nains*, *Le Pygmée se rebiffe*, *Ma femme me quitte*. Dans les cités, il est très respecté : À chaque fois qu'il arrive dans sa 607 de fonction : « Sarkozy et Hutch ! » Il se prend des œufs pourris, des tomates, un téléviseur… Tout ce que les jeunes ont à portée de main. Nico connaît sa valeur – en 93, il déclarait : « J'ai toujours été plus fort en gueule que mes moyens physiques me le permettaient ! » Il arrive quelque part, ce sont des hourras, des vivats : « Et Nicolas, bouffon, Cécilia, elle est chez "oim", je suis en train de la faxer ! »

Il a eu quelques problèmes sentimentaux… Comme tous les flics solitaires, une fois qu'il a buté deux-trois malfrats, il rentre seul, chez lui, place Beauvau, son 357 Magnum à la ceinture. Enfin, Nicolas, il a un téléphone Nokia dernier cri… En cas de problème, il le dégaine pour appeler les CRS. Cécilia n'a pas supporté : une femme, pourtant, qui aimait le danger, l'action ! C'est l'ex du grand aventurier sex-symbol : Jacques Martin ! (Tout ça vous parle énormément, Kyle, j'imagine à quel point mon papier vous passionne !)

Nico, c'est aussi le flegme, le sang-froid de l'inspecteur Callaghan… Cinq minutes après avoir été élu premier flic de France, il s'envole pour Perpignan City. Nous sanctionnerons vite et durement tous ceux qui ont des comportements de sauvages, dit-il, son Nokia à la main. On l'a mis sur un cube pour que tout le monde puisse le voir. Dans cinq minutes, il repart. « Sarkozy-Bip-bip », c'est son surnom. Dès qu'il y a un problème, il arrive : bip-bip, un discours, il repart : le problème reste ! Huggie les Bons Tuyaux, toujours une idée lumineuse : « Si nous ne réussissons pas, nous échouerons », une de ses plus belles phrases !

Un caractère bien trempé. Avec son supérieur hiérarchique *(accent américain)*, Jacques Chirac, c'est la guerre ! Quand l'inspecteur Harry déclare : « Votre étoile de shérif, foutez-la-vous au cul, ça vous fera un suppositoire à cinq branches », l'inspecteur Sarkozy déclare : « Chirac est mort, il lui manque juste les trois dernières pelletées de terre. » C'était en 95, dix ans plus tard, il travaille à nouveau avec lui. On reconnaît toute la dignité et le sens de l'honneur de l'inspecteur Callaghan, préférant démissionner que de baisser son froc. Bon, c'est un western à la française, Kyle : petit budget, scénario à deux balles mais on progresse. Amitiés à Papa.

*Vous avez compris le procédé, je n'avais rien à dire sur Kyle Eastwood et, comme Nicolas Sarkozy ne serait jamais venu chez Bern, ses conseillers en communication l'ayant largement briffé : « N'y allez pas ! Il y a, monsieur le ministre, une petite raclure, une sorte de sous-chansonnier qui balance des horreurs aux invités ! », j'ai cherché par tous les moyens à rattraper le coup, que Nicolas Sarkozy ait son portrait coûte que coûte. C'est un défaut, j'en suis conscient : j'aime faire plaisir aux gens malgré eux.*

## ELSA

Elsa Lunghini, nièce de Marlène Jobert… Vous la saluerez pour moi. Je me suis inquiété : à Noël, elle était venue nous présenter la série des « Palomita », Palomita en Inde, au Sri Lanka[1]. J'imagine qu'elle a dû apporter des modifications : Palomita fait du surf, de l'apnée. Elsa, découverte à l'âge de six ans par Dominique Besnehard… Décidément, y'a que des copains à moi dans votre bio ! Pareil, vous lui faites un gros bécot. Il n'est pas parti là-bas pendant les vacances, comme il est, très show-biz ? De toute façon, il aurait flotté, avec une bouée naturelle comme la sienne !

Elsa, profession : femme de Bixente Lizarazu. Avant, vous aviez chanté, fait du cinéma, on ne devient pas femme de footballeur comme ça, faut un petit bagage. Adriana, par exemple, sait porter un Wonderbra… Elle

1. Elsa est venue à l'émission en janvier 2005, quelques semaines après le tsunami de décembre 2004.

est même capable de tenir une tirelire en même temps. Bixente chante aussi, il a une très jolie voix, dites-vous… Des chants basques… Dès qu'il l'ouvre, on est pour l'indépendance. Pourvu qu'il n'en fasse pas son métier ! Djorkaeff a sorti un album, Ginola fait du cinéma : à Cannes, il est venu présenter un court-métrage en hélico. Y a des reconversions difficiles. Desailly joue au Japon, il a un déambulateur maintenant… De nouveau, ses appuis sont stables. Vous avez rencontré Bixente lors d'un concert pour les Restos du Cœur. Douillet a rencontré sa femme sur le Téléthon. Ces soirées caritatives, finalement, ça sert à quelque chose. Obispo a croisé Line Renaud au Sidaction. On peut pas toujours décrocher la queue du Mickey… Parfois, c'est un vieux boa.

Femme de footballeur, un métier difficile : savoir rattraper des chaussettes sales, sur du blanc, le gazon… bonsoir ! Ne pas applaudir les buts de l'adversaire… C'était le gros problème d'Adriana : elle s'enthousiasmait en permanence. Savoir faire une ola dans le timing : quand la vague arrive sur vous, on se lève. En Asie du Sud-Est, la ola est très mal vue en ce moment. Femme de footballeur, c'est aussi des sacrifices. Aucun câlin avant match : hôtel séparé. Lors de la dernière Coupe du Monde, les femmes de l'équipe de France s'étaient retrouvées avec les joueurs du Cameroun : « Les Lions indomptables ». Il paraît que tout le monde y a trouvé son compte. Adriana a gaffé : en guise de brassard, elle a filé son Wonderbra au capitaine de l'équipe.

Sinon, avec Bixente, quelques rumeurs de séparation. Aujourd'hui, tout va bien : vous vous voyez deux fois par an, à l'aéroport et chez Drucker pour la promo de l'album. En cas d'interview, faut réviser les bases : « T'habites où maintenant ? OK. T'as une nouvelle voiture ? Tu dors nu, en pyjama ? » Dernièrement, Bixente est revenu jouer en France : forcé de le voir tous les jours, la tasse ! Heureusement, il est reparti pour l'Allemagne. Vous respirez à nouveau, mais pour combien de temps ? Allez, salut, Elsa !

## ARTHUR JUGNOT ET SALOME LELOUCH

« Fils de star », dans la vie, c'est ce qu'il y a de plus dur ! Ça vaut le coup d'y consacrer une émission. On fait le Sida, la myopathie, la faim dans le monde et on oublie « fils de star » ! Un mal terrible. Tu t'en aperçois très tôt : ta mère accouche en lunettes noires, tu sors la tête, les flashs crépitent. Le petit de David et Cathy Guetta, à trois semaines, il posait dans les magazines. Une tête… Il a été mixé à la naissance. Dire que ses parents sont propriétaires de boîtes de nuit et que, même lui, ils le laisseront pas entrer !

Y a des mômes, un parent est vedette, d'autres, les deux sont touchés, comme Salomé Lelouch. Mère : Évelyne Bouix. Sans compter ses belles-mères, toutes célèbres. Impossible de les citer, ma chronique est limitée à quatre minutes. Ajoutez les injustices : d'un côté, Salomé, comédienne de cinéma, reconnue. De l'autre Sarah, animatrice à « Fort Boyard ». Certainement un problème d'oxygénation à la naissance. Les vedettes restent entre elles, se marient entre elles, ça donne des trucs consanguins : Alexandre Anthony et Sarah Marshall… *(Se mettre à loucher.)* Tu leur cherches un job à la Foire du Trône. Fils de Stéphane Bern, y'a eu des études en cours de récré, l'espérance de vie serait de trente secondes. Même avec un pseudo, les mômes te repèrent : un petit boutonneux, permanenté, en veste à carreaux. Son père l'a déposé en chaise à porteurs. Tu lui piques ses billes, il continue à sourire… *(Sourire idiot.)* S'il s'échappe… avec ses talons Richelieu, tu le rattrapes. Fils de Fogiel… on dirait une insulte. Si jamais il ne peut pas être animateur comme papa, faut qu'il puisse bosser aux douanes, aux impôts, à la fourrière : un métier où tu fais chier !

Fils de star, faut se surpasser sans arrêt, même physiquement. Fils d'Alain Delon, t'as la tête de Jugnot jeune, t'imagines l'école : « Hé, le samouraï, t'as bouffé du Chaussée aux moines ? » Faut pas non plus faire mieux que ses parents, un minimum de respect. Le fils d'Henri Leconte, s'il joue au tennis, est prié d'envoyer ses balles dans les gradins. La fille d'Évelyne Thomas a interdiction d'être sexy, sa mère ne va pas célébrer Halloween seule ! Le fils de Drucker… enfin son caniche… lèche *tous* les invités. La fille de Régine ne boit pas de la Vittel, elle accompagne maman sous la table. Et puis, y'a tous ceux qui sont dans la tradition familiale, qui la perpétuent : le fils Clo-Clo travaille chez EDF. Mike Brant junior saute à l'élastique. Le fils de Massimo couche avec la doyenne des Français, une vieille laitue qui lui paye son loyer. Le fils d'Orlando publie un livre choc : *Dalida n'est pas morte, c'était mon père avec une perruque*. Préface Benjamin Castaldi. Le fils de Stéphane Guillon… Ah, oui, j'oubliais… Le petit Guillon travaille aux abattoirs de La Villette, il vous embrasse !

*Avec ce papier, je me suis fâché avec Salomé... Elle déclara en plateau qu'on pouvait l'attaquer elle, mais pas sa famille, pas sa sœur Sarah. Ce fut l'axe de défense de beaucoup d'invités : « Moi, tant que vous voulez, mais pas ma famille ! » Généralement, deux semaines plus tard, la famille au complet posait dans* Gala. *À titre d'exemple, je n'ai jamais attaqué Jean Rochefort sur sa sœur... En a-t-il seulement une ? Et si Rochefort a une sœur et qu'il lui donne un rein, ou toute autre partie de son anatomie, croyez-moi, ni vous ni moi ne serons au courant ! En même temps, me direz-vous, si tous les gens du showbiz avaient la classe de Rochefort, la petite langue de pute que je suis se retrouverait au chômage.*

## CLELIA VENTURA

*Ce portrait est un peu particulier. Je n'ai pas cherché à faire rire, mais plutôt à rendre hommage au grand Lino Ventura. Sa fille fut très touchée et moi très heureux de pouvoir évoquer cet acteur magnifique. Brève respiration dans mon travail quotidien de démolisseur, « moment de douceur dans un monde de brutes » !*

*(Imitation Frédéric Mitterrand.)* Bonsoir, ce 14 juillet 1919, tandis que des fusées et des pétards égaient un ciel de France à nouveau libre, dans une Italie du nord si pauvre mais tellement joyeuse, où se mélangent les odeurs de jambon, de violettes et de parmesan, les cris

du petit Angiolino Ventura qui vient de naître répondent comme un écho à cette foule lointaine qui, des années plus tard, l'applaudira dans l'obscurité d'une salle de cinéma. Apprentissage en noir et blanc pour cet enfant, dont le père s'absente définitivement laissant dans le cœur du bambin une blessure vive, rouge, comme ces bolides Ferrari que le jeune Angiolino admire, juché sur un pont face à la mythique usine de Maranello, patrie du cheval cabré. Même le vrombissement des moteurs ne peut couvrir la douleur sourde de l'enfant qui regarde ces merveilles partir vers des destinations qui, pense-t-il, lui sont à jamais interdites.

*(Imitation Fabrice Luchini.)* Lino Ventura… Alors là, effectivement, on atteint des sommets… Stéphane Bern, merci de m'avoir invité. S'appeler Lino… Quand on y pense, c'est énorme ! Il n'y a rien de moins glamour que le lino, cette matière plastique, verdâtre, immonde, dont on tapissait les couloirs de HLM dans les années 50, et lui, en quelques films : *Le Grisbi, Les Tontons flingueurs, Razzia sur la chnouf*, est arrivé à magnifier ce nom. Vous dites Lino aujourd'hui, tout s'arrête… Si vous êtes avec des gens de cinéma bien évidemment… Si vous êtes chez Conforama, on vous coupe un morceau de plastique.

*(Imitation Jean Gabin.)* Écoute-moi bien, Luchini, Panzani, ou je ne sais quoi. Lino c'était quelqu'un, un Monsieur, un vrai ! Alors, les branquignols de ton espèce, théâtreux à la petite semaine, ancien coiffeur à Angoulême, il en faisait du petit bois. Maintenant, tu ramasses ton paletot et tu dégages ! Quand on n'a pas une santé de cheval, on ne fréquente pas les hippodromes.

*(Imitation Frédéric Mitterrand.)* Re-bonsoir, au zénith d'une célébrité dont il refusa toujours d'apprécier l'étendue, Lino reçut une invitation du commendatore Enzo Ferrari le conviant à visiter l'usine de Maranello, c'est ainsi qu'au volant d'un de ces bolides rouges qu'il était parvenu à s'offrir, il fera cet ultime pèlerinage vers les rives d'une enfance à jamais douloureuse. Arrivé aux abords de l'usine, Lino se surprit à stopper sa voiture, s'appuya sur la rambarde du pont et regarda l'endroit où petit il venait s'asseoir pour rêver. Et ne pouvant contenir l'émotion du passé, les larmes d'Angiolino remplirent les yeux de l'inoubliable interprète du *Grisbi*. Et dire, dit-il, qu'un jour Clélia, ma fille, ira faire de la promo chez Bern, c'est surtout ça qui me désole, bonsoir !

# LES ORIGINAUX

## VIRGINIE DESPENTES

Virginie, vous êtes la fille d'un postier et d'une postière. C'est très rare : en tournée, le postier se tape ses clientes ; pour se taper une collègue, il faut que les deux itinéraires se croisent.

Premier roman publié en 92, titre légèrement épicé : *Baise-moi !* La vraie formule c'est : « Baise-moi, s'il te plaît ! », surtout si on ne connaît pas la fille. L'idéal c'est : « Bonjour, t'as une clope, baise-moi ! » Après la bagatelle, on a moins envie de discuter, si on a la clope, c'est mieux. Le problème d'intituler un premier roman : *Baise-moi !*, c'est qu'après, faut confirmer. Premier roman : *Baise-moi !*, si le deuxième c'est : *Dégrafe mon soutif*, la presse est déçue : « Despentes s'assagit, Despentes en pente douce. » Oui, ça c'est le journaliste qu'a beaucoup de talent. Ou alors, faut décliner l'idée : après *Baise-moi !*, *Bourre-moi !*, *Déchire-moi, explose-moi, atomise-moi !*. Ou juste un cri : *Ah !*, ou une giclée… Ou un trou, un trou sur la jaquette, FAUT CONFIRMER !

Maintenant, on a plus de facilité à commander vos livres. Avant, on n'osait pas : « Bonjour, vous avez : "B… Quelque chose" de Virginie Despentes ? Je ne me rappelle plus du titre ? Non, c'est pas *Broute-moi !*, je m'en serais souvenu. Ce qu'on peut faire maintenant, c'est entrer dans la librairie en demandant votre troisième roman : *(très snob)* "Bonjour, vous avez *Les Jolies Choses* de Virginie Despentes ? Et je vais prendre son premier roman aussi, elle a bien écrit un premier roman, elle n'a pas commencé par le troisième !" »

C'est comme les gens qui entrent dans un sex-shop pour demander leur chemin : « La rue Pigalle, s'il vous plaît ? Ah ! Et je vais prendre la petite chose en plastique conique, ne l'emballez pas, c'est pour consommer tout de suite. » Premier roman *Baise-moi !*, vous mettez la barre très haut… C'est une image ! Ou alors on suit l'évolution du couple, premier roman : *Baise-moi !*. Six mois plus tard : *Pas maintenant, j'ai du travail*, un an après : *D'accord, mais tu viens vite !*. On a aussi : *OK, mais je continue à lire*. Et puis après ça dégénère : *Pourquoi t'es rentré si tard ? Va la voir ta pute, celle que tu baises !* On revient vers une littérature plus trash. On retrouve la Virginie qu'on aime. Enfin, je ne suis pas optimiste. Il paraît qu'en plus, vous ne buvez plus, vous ne vous droguez plus. Votre prochain roman va s'appeler : *Je m'emmerde !* ou *Je fais des ricochets !*. Remontez la pente, Virginie. J'aurais dû être critique littéraire, c'est bête !

*J'avais peur de Virginie Despentes… Je savais qu'elle avait du caractère et de la repartie. Et puis c'est toujours plus délicat pour un homme de répondre, quand il se fait moucher par une femme. Question d'élégance, de courtoisie, on peut rapidement passer pour un mufle. Quand la délicieuse Lio... Pardon, quand la délicate Lio m'assena : « Apprends à te servir de ta langue pour régaler le clitoris de ta femme ! », je suis resté muet. Ma langue, sans doute vexée, refusa de bouger. Peut-être était-ce la force de la repartie, la brillance du trait d'esprit ? Ou, plus simplement, l'émotion d'être face à l'une de nos plus grandes chanteuses contemporaines ?*

*La PEUR fut un acteur majeur dans la plupart de mes papiers, côté victime, mais aussi « bourreau ». Combien de fois la production m'a dit : « Untel a très peur de toi ! » En vérité, j'avais aussi peur que lui. Au final, Virginie Despentes a très bien réagi. Fausse alerte !*

## LIANE FOLY

Liane Foly… Vrai nom : Éliane Falliex. Dans la jungle, vous avez différents types de lianes. Vous avez la liane utilitaire, qui vous permet de relier un point à un autre, pas très folichonne, folichonne et la liane *folie* : liane du samedi soir, plus festive, avec laquelle on s'envoie en l'air. Christophe Lambert, premier Tarzan myope, l'a souvent utilisée… Quelques baobabs dans les parties au passage.

Famille de déracinés, en 62, votre mère quitte l'Algérie enceinte de vous, vous n'en souffrez pas, peu de zaï-zaï-zaï dans votre répertoire. Contrairement au petit Enrico, qui, sur le pont du bateau, pleure déjà en accordant sa guitare. Enfance heureuse, vos parents tenaient un magasin *(fort accent pied-noir)* : « La droguerie du sourire », le client est roi, quoi qu'il arrive, on sourit ! Ceux de Doc Gynéco tenaient la droguerie tout court. Là, aussi, quoi qu'il arrive… *(Prendre un air béat.)* On sourit. Un grand-père aveugle, toujours de bonne humeur… Personne lui avait dit qu'on prenait un bateau pour Marseille, « T'inquiète pas pépé, c'est une croisière ! – Et le crétin qui chante "Adieu mon pays" ? – C'est le fils du capitaine ! » Une grand-mère fan de Sheila… Donc, ça fait une sourde et un aveugle… Un jour, elle vous dit : « Tu feras comme la Sheila, t'iras à la télé ! » La Sheila… À la campagne, on donne souvent des noms de chanteuses aux vaches : la Nolwenn, la Priscilla… Bizarre : la plupart meuglent juste. Je connaissais une Ophélie, entièrement refaite : de gros épis (c'est la mode), des cannes de flamant rose, on aurait dit une chèvre !

Liane, vous êtes une enfant du micro : dès douze ans, vous chantez dans l'orchestre de papa, plus de quatre-vingts morceaux mémorisés. À la moindre fausse note : un coup de cymbale, ça aplatit le visage. Pour des enfants qui voyagent beaucoup : la prise aux vents est plus faible. À dix-huit ans, après cinq ans de travail incessant, Liane se fait opérer des cordes. On aurait pu écrire : « Corde se fait opérer des lianes. » Ça fait gagner trois lignes. Nana Mouscouri n'a qu'une corde, ce qui l'oblige à mettre des lunettes pour chanter. Cette phrase va occuper nos amis belges pendant six mois. En 96, vous vous faites opérer du nez… Pas par le même chirurgien. La Ophélie s'est fait opérer des cordes par son plasticien nasal… Depuis, elle chante en canard. Votre album « La chanteuse de bal » est très réussi. Selon, le magazine *Oh la !*, vous épicez la chanson française. Voix aphrodisiaque, c'est connu, dans n'importe quel sex-shop vous avez du ginseng, du bois bandé et un best-off de Liane.

Dernière chose, vous avez dit : « J'ai envie d'être centenaire, cent deux ans comme mon arrière-grand-mère. » Liane sur scène à cent deux ans, est-ce que c'est possible de prendre des places tout de suite ? Si je ne peux pas en profiter moi-même, j'aimerais faire plaisir à mon fils. Merci.

*Liane Foly m'a immédiatement adopté, me faisant un milliard de compliments que la modestie la plus élémentaire m'interdit de retranscrire. Je garde, comme un jardin secret, le fait qu'elle me trouve : « Très drôle, élégant, un vrai talent d'écriture… » Il y a suffisamment de gens dans ce métier qui seraient ravis d'apprendre que je me suis fait écraser par un camion poubelle : « Ce n'est absolument pas un accident, la benne l'a collecté comme une ordure ordinaire ! », pour ne pas livrer cette info capitale : « Miss Foly m'aime beaucoup ! » Elle a pourtant le même chirurgien esthétique*[1] *que Catherine Deneuve qui, elle, me déteste cordialement. À quoi tiennent les hasards de la vie ?*

## HELENE GRIMAUD

Hélène : première musicienne classique de la saison ! Excusez-moi… On me signale qu'on a eu André

1. L'éminent professeur X, malheureusement bourré un jour sur deux. Liane ayant eu la chance de tomber dans un bon jour, tout son caractère en bénéficie.

Rieu avant… C'est bien ce que je disais : première musicienne de la saison ! Hélène Grimaud : pianiste virtuose, vivant avec des loups aux États-Unis. Beaucoup de pianistes aiment les loups : Petrucciani leur fichait la trouille. Richard Clayderman, c'est le contraire, il a failli se faire bouffer : le loup est mélomane, il ne supporte pas la soupe. « Hélène Grimaud : enfant débordant d'énergie, ressent du plaisir dans la souffrance physique, s'automutile. »

On a reçu des cinglés dans cette émission : Brigitte Fontaine, Jean-Louis Murat… Là, on franchit un cap ! « Petite, je rêvais de fractures, maman absente, j'entourais mes chevilles de bandes Velpeau. » François Berléand se prenait pour l'homme invisible quand il était jeune. Vous pourriez, peut-être, partager une bande Velpeau ensemble ? « Très copine avec Françoise Hardy. » Ça ne m'étonne pas… Vous avez dû parler astrologie. On pourrait faire une spéciale « Doux dingues » : Paco Rabanne viendrait avec Louis XVI, Jean-Claude Bourret avec un Martien, Adjani avec une photo de Jean-Michel Jarre… Ç'aurait de la gueule ! « Découvre le piano à sept ans, Grand Prix du disque à quinze. » On ne vous a pas mis de camisole, finalement… Jouer du piano avec, c'est difficile. « Lorsqu'un concert se passe bien, je suis visitée. » *(Un temps.)* Vous êtes toute l'année en concert ?

Adolescente rebelle, vous aurez une aventure avec un prof. C'est là où vous avez découvert le loup… Dans la bio, il y a marqué : « Première rencontre avec un loup en Floride. » Il y a une erreur ! À l'université, vous préparez une thèse sur le loup… Vous êtes mordue ! Piquée et mordue, c'est assez rare ! « On hait les loups depuis qu'au Moyen Âge, on a découvert une maladie particulière, la lycanthropie : de jeunes femmes hurlent la nuit, sexe offert. » Ah, bah, c'est ça ! *(À Bern.)* L'autre jour, vous m'avez dit : « Je ne sais pas ce que j'ai ! La nuit, je hurle dans mon lit, le sexe dressé ! » C'est une lycanthropie ! Ça se soigne.

Une véritable passion pour le loup, puisque, en 1997, vous ouvrez un parc d'attractions destiné aux enfants pour y découvrir l'animal. Michael Jackson aussi a ouvert son parc : Neverland. Il y a aussi une histoire de loup, on joue au Petit Chaperon rouge : « Oh, mère-grand, que vous avez un gros sucre d'orge ! » Et crac, on s'amuse beaucoup ! Hélène, j'ai été ravi. Vous qui aimez les bêtes féroces, faudra que je vous présente Virgule[1], le chien de Stéphane Bern. Ça pourrait faire un apéro à vos toutous, un amuse-bouche. À bientôt.

## FRANÇOISE HARDY

*Voici un cas particulier : Une invitée dont vous aimez le parcours, la personnalité, la musique… Et là, « votre idole » arrive avec une grosse daube, un livre sur l'astrologie… Bien sûr, comme c'est Françoise Hardy, tout le monde trouve son bouquin formidable. Sauf vous, le vilain p'tit canard… Seul contre tous, instant de grande solitude !*

Moi, je me suis penché sur la Françoise astrologue, c'est la seule qui m'intéresse. Dès vos premières

1. Virgule : chien de Stéphane Bern, pas plus grand qu'un rosbif pour une famille de quatre personnes.

chansons, je me suis dit : « Cette fille, faut qu'elle fasse de l'astrologie ! » De la même façon, j'avais dit : « Elizabeth Tessier, faut qu'elle chante ! » Elle crie très bien, Mitterrand avait fait insonoriser les cloisons. Dans la famille, on est tous Sagittaire : mes parents, mes frères… On s'est toujours arrangés pour l'être ! Ma sœur qu'aurait dû être Poisson a été déclenchée à six mois, pour être Sagittaire ! Du coup, elle ne parle pas, elle bave un peu, mais son signe astral est top ! On l'a appelée Françoise d'ailleurs… Quand on lui passe votre musique, elle tape des mains, enfin elle essaye… Elle a du mal à… Sa bible c'est l'horoscope du *Parisien* ! Samedi, il y avait écrit : « Le jogging vous fera le plus grand bien ! » Elle a fait le tour du salon en fauteuil, mais le cœur n'y était pas.

Revenons à des choses sérieuses, votre livre : *Les Rythmes du zodiaque*, y a deux passages que j'adore, celui sur Hitler qui était « Taureau inadapté ». C'est pour ça qu'il a massacré des milliers de personnes. Un jour plus tôt, il était Bélier, c'est couillon, il aurait bossé dans l'humanitaire… Et le passage sur John-John Kennedy, Sagittaire inadapté : « Carence de l'instinct de protection, aucun sens des limites. » C'est pour ça qu'il a été faire le crétin, de nuit, à bord de son zinc. En même temps, sa compagne était Vierge folle, elle a dû lui souffler dans le poireau alors qu'il manœuvrait son coucou ! Ce qu'il y a de bien avec votre livre, c'est que tout s'explique… Le Concorde qui s'est écrasé sur Gonesse a été construit en décembre 75 : Sagittaire inadapté, aussi ! Rien à foutre de rien… Pour un supersonique, c'est emmerdant : « J'ai pas fait le plein, je décolle, j'ai un réacteur qui branle, je m'en tape ! »

À ce propos, vous ne parlez pas des signes zodiacaux pour les objets. Comme votre bouquin est un ouvrage sérieux, ça manque. Je peux vous dire que toutes les poêles que j'ai achetées en mai attachent ! « Une poêle Taureau », c'est poubelle directe ! Sinon, c'est un livre très complet, ça se lit facilement : sorti en mai 2003, je l'ai fini hier. C'est la première fois, dans ce pays, qu'on pense aux insomniaques, merci ! Chère Françoise, pendant des années, j'ai été séduit grâce à votre musique. Aujourd'hui, je fais rire grâce à vos écrits. Vous m'accompagnez depuis trente-cinq ans, ça ne m'étonne pas, vous êtes Verseau, moi Sagittaire, deux inadaptés comme nous étaient faits pour s'entendre ! Ah ! au fait, vous sortez un disque, période idéale : Saturne est dans Uranus à donf ! Ça va marcher, j'ai lu ça dans *Le Parisien* !

*Françoise Hardy, plutôt bonne joueuse, s'est exclamée : « Oh la vache ! » Mais un « Oh, la vache ! » sympathique, on aurait pu aller boire un coup après. Pas le « Oh, la vache ! » meurtrier, où l'on reste « vaché » à vie.*

## FRANCIS LALANNE

*Francis Lalanne étant totalement imprévisible en plateau, je m'étais préparé à toutes sortes de réactions de sa part. J'étais prêt comme un scout, blindé psychologiquement, paré à toute éventualité. Enfin, presque...*

*Pour les rares personnes qui n'ont pas la télé et qui ont acheté cet ouvrage pour la beauté de sa couverture, petit rappel des faits : ce soir-là, présent au côté de Lalanne, Vincent Delerm sort de sous sa veste le journal* L'Équipe *qu'il lit en me tournant le dos. Petite vengeance personnelle... Le chanteur le plus lent de l'Hexagone n'ayant pas apprécié le portrait que j'avais brossé de lui un an auparavant. Tout ça aurait pu être très drôle si Delerm s'était arrêté au bout de quelques secondes. Il aurait obtenu son effet, car, déstabilisé, j'avais stoppé la lecture de mon papier et lui avais fait comprendre qu'il me gênait, il tenait là sa revanche, mission accomplie ! Il n'en fut rien. Delerm s'enferra dans son attitude méprisante et reprit sa lecture jusqu'à la fin de ma chronique.*

*Le résultat fut pour lui dévastateur : il passa pour un mauvais joueur, un type rancunier et sans humour. Le lendemain, des centaines de mails arrivèrent à la production, principalement des jeunes filles, fans de Vincent, qui juraient leurs grands dieux que plus jamais elles n'achèteraient ses disques. Je n'en demandais pas tant, mais bon... Si toutes ces jeunes filles se sont mises à écouter du Bénabar à la place, avouez que la variété française est sortie gagnante de cette histoire !*

Francis Lalanne... J'y croyais plus ! J'ai tellement rêvé d'écrire sur vous ! Ça arrive, on est déboussolé ! Y'a l'embarras du choix, chaque interview est un bêtisier. Tu les recopies, t'as un one-man-show. Un mélange de Jean-Claude Van Damme et Paco Rabanne, costume : Chantal Goya. Cette citation, par exemple : « Si on ne veut pas grandir, on ne grandit pas, mais on vieillit. » On l'attribue à Van Damme, c'est du Lalanne, totalement *aware*. La nationalité belge, inutile de la réclamer, vous l'avez d'office.

Francis, en Corée, c'est le seul qui continuait à encourager l'équipe de France. Même les joueurs étaient gênés : « Doucement, Francis, merde ! » Comme quand on te souhaite ton anniversaire à l'Hippopotamus et que t'es pas d'accord. Ça me fait plaisir de vous voir ! Qu'est-ce qu'on s'est fichu de vous dans les cours de récré… Vous nous avez distraits ! Y a que Bern, dans « Sagas », qui vous ait détrôné : avant, le bouffon, c'était vous.

Lalanne, né à Bayonne en 58. J'ai appelé la municipalité, ils m'ont dit : « Ne dites rien ! » Il faut bien faire son travail. « Au collège, Francis creusait les murs de sa classe à l'aide d'une cuillère, afin de s'évader symboliquement. » Il y avait déjà des prémices. De là à imaginer qu'à cinquante ans, il finirait déguisé en Chat botté. Et puis, à l'époque, les scanners étaient très chers. Un enfant qui parlait aux arbres, on le laissait. Aujourd'hui, Francis entame une période Jésus-Christ. *(Montrer l'affiche.)* Au moins, ça change, Yvette Horner, ça fait cinquante ans qu'elle est déguisée en citrouille. Mireille Mathieu, en Blanche-Neige. Faudrait qu'un des Sept Nains se dévoue quand même. *(À Bern :)* Vous ou un autre ! Premier album de Francis : « La maison du bonheur ». Qu'est-ce qu'on a ri là-dessus : avec le 45-tours, on avait fait un ball-trap. Les enfants sont méchants.

Au Printemps de Bourges, Lalanne se produit quatre heures et demie sur scène. Si vous avez survécu à ce concert, un numéro vert s'affiche, appelez-nous ! À

Fresnoy-le-Grand, y a un stade Francis Lalanne, t'imagines les pauv' mômes : « Tu vas où, jouer au foot ? – Au Francis Perrin. » Tu réponds tout, sauf le vrai nom. Personnage attachant au final, un côté Don Quichotte : fan de l'OM, vous allez boire un coup dans un bar du Parc des Princes. Un truc qu'aurait pu faire Jean-Claude Van Damme. Certainement un arbre qui vous avait mal conseillé.

Si vous aimez prendre des baffes, allez crier : « Vive le PSG ! » sur la Canebière, ça peut être sympa ! Bon, vous direz bonjour à deux-trois chênes pour moi, à bientôt.

## CATHERINE LARA

Catherine Lara, nom véritable : Catherine Baudet. À votre propos, votre mère déclare : « J'ai pondu un canard. » Un baudet qui pond un canard, c'est exceptionnel ! Père : médecin et violoniste amateur. Le contraire aurait été emmerdant : violoniste et médecin amateur. En même temps, André Rieu, est-ce qu'il n'aurait pas intérêt à faire de la médecine ? *(Un temps.)* Il tuerait moins de gens !

Débute le violon à cinq ans. C'est un bon âge. Mes baskets, elles ont été fabriquées par des mômes de quatre ans. Ils ont une dextérité dans les doigts… Plus âgé, les coutures sont grossières. Enfant précoce : première fugue à cinq ans, « J'ai passé des heures planquée sous un bidet ». Parfois l'enfant se rebelle, huit heures de violon par jour, ou quatorze paires de Nike… y'a un moment, tu dis : « Stop ! » Taille : 1,56 mètre.

Quand tu passes ton enfance planqué sous un bidet, tu ne grandis pas. Souvent, les gens disent : « Oui, Lara joue de la contrebasse ! » C'est un violon, c'est proportionnel… Entrée au Conservatoire en 1958 : « Il m'a fallu du courage, c'est un instrument terrible, au début, le son est hideux. » Huit heures de biniou par jour, tu te rends compte ! Quand t'arrêtes, t'as la tête qui penche et le bras qui continue à branler. Ça laisse des séquelles : Yvette Horner, qui a grandi avec son accordéon, tu lui enlèves, elle penche en arrière !

En 68, vous vous taillez une petite place dans le milieu de la chanson… 1,58 mètre, tu ne peux pas exiger toute la scène. Première télé avec la délicieuse Denise Glaser. À son enterrement, vous serez deux : Barbara et vous. « Que c'est triste l'ingratitude des gens ! » Avec Drucker, ça ne risque pas, il a un contrat : tu ne peux pas aller à son enterrement, c'est lui qui va au tien ! Grande scène parisienne en 78, virage rock en 80 : « Quand on a fait du violon vingt ans, les 24 Heures du Manche, on se dit : "La musique doit passer par l'esprit, moins par les doigts." » *(À Bern.)* Vous qui êtes un adepte des 24 Heures du Manche, un conseil à suivre ! Dans l'ensemble, une belle carrière. Une fausse note en 2002 : vous co-écrivez l'hymne de l'équipe de France de foot. Année équestre : un spectacle pour le Cadre noir de Saumur et une chanson pour une équipe de bourrins. Du coup, vous auriez pu la signer Baudet !

*Magnifique réaction : chaleureuse, drôle ! Je rêve d'un invité idéal, hybride : mélange de Catherine Lara, Liane Foly et Macha Méril. Tiens, que des femmes… Auraient-elles plus d'humour ? Non, c'est impossible !*

# VINCENT MC DOOM

*Après ce portrait, Vincent Mc Doom s'est littéralement entiché de moi. Cette passion se manifeste par des envois réguliers de SMS poétiques du meilleur cru. Mon premier micro poème reçu : « La liberté c'est de pouvoir choisir celui dont on sera l'esclave. » J'ai cru à une erreur. J'ai poliment appelé Vincent pour lui signaler qu'il s'était emmêlé les pinceaux avec son portable. Vincent, avec sa voix douce, m'affirma que ces quelques strophes étaient bien pour moi. Et qu'il aimait, par-dessus tout, faire partager à ses amis ses différentes pensées. Super ! Mon premier réflexe fut de changer de numéro. Mais non, Vincent est extrêmement gentil. Depuis, je recopie soigneusement sa prose. Je me dis que si, par malheur, il lui arrivait quelque chose, je pourrais la publier à titre posthume et que la poésie française, dans son ensemble, m'en sera reconnaissante.*

Vincent Mc Doom, mon cadeau de Nouvel An ! Merci à tous, ça me fait très plaisir, c'est exactement ce que je voulais. À Canal, ils m'ont fait choisir : « Qui t'aimerait démolir en rentrant de vacances ? » J'ai répondu : « Mc Doom ! » L'an dernier, j'avais eu Armande Altaï. Il me l'avait emballée, décorée, un vrai sapin ! Mc Doom, ils ont rien touché… Il fait ça tout seul. Styliste de formation, il est sa première victime.

Vincent Mc Doom, né prématurément à sept mois… Ça se voit presque plus. Bien maquillé, éclairé, ça passe ! Prématuré, parce que votre père avait donné un coup de pied dans le ventre de votre mère. Ce sont des techniques d'accouchement antillaises, y a ça et la moto sur les pavés. Dix-sept frères et sœurs [...] Tout s'explique ! Dix-sept, faut les déclencher très vite, sinon ils s'entassent... Enceinte jusqu'au cou *(gonfler le cou) :* « Oh, Arlette Chabot ! » Bon, en vrac, votre chatte s'appelle Charlie. La chatte... L'animal, avec vous faut préciser. Vous êtes un garçon, non opéré, bien qu'Amanda vous ait proposé les services de son chirurgien : Ricardo. Jardinier à Rome, il taille les haies et puis, de temps en temps, hop, une bite ! Vous, Vincent, vous êtes un garçon. En 83, vous décrochez une bourse pour la Fondation Kellog. En 89 : une deuxième pour Paco Rabanne... Deux bourses, le compte est bon.

Vous publiez votre histoire chez Michel Lafon : *L'homme que je suis*. Déclenché par papa, abandonné par maman, violé par tonton... Un vrai conte de Noël ! En tout cas, vous êtes une vraie plume : « Je suis un camion d'amour qui laisse sur son passage des morceaux de son cœur. » Le Richard Clayderman de la prose. J'aime beaucoup aussi : « Paris me fascine, peut-être à cause de l'ambiguïté de la tour Eiffel : à la fois objet phallique et dame de dentelle ! » Objet phallique... Jusqu'au deuxième étage, après... *(Faire le geste avec la main.)* C'est douloureux !

Sinon, il paraît qu'en sortant de l'émission « La ferme », vous n'auriez pas reversé vos 90 000 euros de gain aux enfants abusés. Bah, oui, mais bon... Vous possédez 505 paires de chaussures. 90 000 euros, ça permet d'étoffer sa collection. Des talons aiguilles, en plus. Si l'enfant proteste, crac ! Je suis sûr que c'est un oubli. Le « camion d'amour » va filer l'oseille. Merci.

*Dernier SMS de Vincent reçu le 13 juillet 2006 à 13 h 19 :*

*« Regarde le ciel, il change tout le temps, gris, noir, bleu... Et pourtant la nature reste belle... Like U. (Comme toi.) »*

*PS : L'autre jour, Muriel Cousin, ma fiancée, me pose la colle suivante : « Qu'est-ce que tu préfères ? Recevoir, enfin, dans la figure le poing de Benjamin Castaldi ? Ou lire un recueil entier de SMS écrit par Vincent Mc Doom ? » C'est vrai que j'hésite. Muriel a l'art de poser des questions difficiles.*

## MACHA MERIL

Macha, dans votre livre précédent, *Biographie d'un sexe ordinaire*, vous nous racontiez l'histoire de votre foufoune : ses joies, ses peines, ses rencontres. Titre un peu frileux, j'aurais plutôt mis : *Ma chatte mérite* par Macha Méril. Mérite qu'on l'aime, qu'on la caresse... L'histoire d'un sexe sur une cinquantaine d'années, je ne donne pas son âge... Bah, ça ne se fait pas : on ne dit pas l'âge de la foufoune d'une dame.

Aujourd'hui, vous nous présentez votre dernier bébé : *Les Mots des hommes*, c'est un peu la suite de *Biographie d'un sexe...*, vous discutez avec tous ceux qui ont eu le bonheur, l'honneur, de visiter l'endroit. Dix-sept sur un total de dix-neuf. Très bonne moyenne, c'est un établissement qui tient ses promesses. Tous ces hommes conversent avec vous, échangent leurs impressions, souvenirs, regrets... « Est-ce que vous êtes content ? » Un peu comme quand on remplit un contrat de loc' aux sports d'hiver. Qualité du service : un soleil, deux soleils… Macha Méril : trois soleils, très chaude ! Le questionnaire défile : « Est-ce votre premier séjour dans la région ? » Là, tu mets : non. Même si t'as aucune expérience, tu fais celui qu'a déjà skié. Question suivante : « Reviendrez-vous avec des amis ? » Ça ? Je dirais que jusqu'à quarante ans, tu restes classique, tu skies seul ou à deux, faut apprendre le planté du bâton, le bon mouvement. Après, t'essayes des trucs à plusieurs, tu skies en grappe, tu te mélanges plus volontiers les spatules. « Comment avez-vous découvert l'endroit ? » Là, c'est délicat : entre garçons, on se refile souvent les adresses, « Vas-y, celle-là, elle est bonasse ! ». Une bonne station, ça se sait très vite. Les pistes sont ouvertes jour et nuit… Dès le matin, 7 heures, tu te prends un couloir tout schuss, t'as pas farté ton matos, qu'importe, t'y vas ! Ski d'été… Sur gazon… Y'en a qui aiment ! Dernière question : « Reviendrez-vous dans les cinq ans ? » C'est très lié au séjour. T'as des endroits, même vingt ans après, t'y retournes ! T'auras toujours la même chaleur, le même accueil. Les pistes sont peut-être moins bien damées qu'avant, mais toi aussi, tu godilles plus comme un jeune homme. T'as l'expérience, t'évites les bosses, tu sens les crevasses.

À la fin de votre livre, Macha, vous avez cette jolie phrase : « Une femme est désirable à n'importe quel âge, à condition qu'elle soit elle-même. » Donc, oui, avec vous, nous reviendrons tous les cinq ans !

*Un joli souvenir. Sur « Ma chatte mérite », Macha Méril est partie d'un violent éclat de rire qu'elle ne pouvait plus réprimer. Bonne vivante, armée d'un grand sens de l'autodérision. L'invitée idéale par excellence... Mais bon, ce n'est pas tous les jours Noël.*

## ANDRE RIEU

Amis téléspectateurs, si on vous offre un disque d'André Rieu, que faire ? Cas le plus répandu, c'est une farce ! Pour votre pendaison de crémaillère, vos amis boute-en-train vous offrent des cadeaux improbables : un nain de jardin, un tableau avec sa fontaine qui scintille, une pendule Michel Sardou en faïence véritable, disponible au magasin Plaisir d'offrir, village de Vibraye dans la Sartre. Cas n° 2, on vous offre réellement un disque d'André Rieu : ne pas paniquer, remercier, puis contacter immédiatement notre service « SOS, André Rieu », d'anciennes victimes vous répondent.

Comment ce type d'incident arrive ? Votre femme de ménage, à qui vous avez filé ses étrennes, a, malheureusement, souhaité vous remercier. Aux enfants : un jouet MacDo, vieux d'il y a six mois, à vous « Croisières romantiques » d'André Rieu. Attention ! Ne pas retirer la cellophane du disque : la foire à tout, en bas de chez vous, peut vous reprendre l'objet. En descendant, ô surprise, un énorme stock d'André Rieu trône en vitrine, votre femme de ménage y fait ses courses. Si vous êtes copain avec le vendeur... L'année passée, il vous a repris une poubelle de table Patricia Kaas, on jette une épluchure, Mademoiselle chante le blues...

Vous pouvez échanger votre Rieu contre un stock de pinces à linge, on en a toujours besoin ! Vous pouvez également écouler l'objet dans une pêche à la ligne de fin d'année. Pratique, rapide, votre anonymat est conservé. Avertissez votre enfant, qu'il n'aille pas repêcher le Rieu. Dans tous les cas, ne jamais désespérer : maintenu dans sa cellophane, un disque de Rieu peut alimenter plusieurs pêches à la ligne, c'est comme le pouilleux, aux cartes, on se le refile ! Si le fils de votre femme de ménage le pêche, retour à l'envoyeur : le cycle s'arrête. Folle de joie, Mme Ramirez conservera l'objet dans sa fausse bibliothèque « Paul-Loup Sulitzer, l'intégrale », à droite de son service en porcelaine Esso.

Question d'un téléspectateur : « Je reçois un disque d'André Rieu, ça me fait plaisir, dois-je m'inquiéter ? » Si j'ai écouté, en boucle, « Lettre à Élise » de Richard Clayderman pendant toute ma puberté : non ! J'aime le Napoléon III, les lustres et les dorures, je me masturbe régulièrement sur *Sissi Impératrice*, non plus ! Êtes-vous andrieuphyle ? Test : Je milite pour le retour de Philippe Risoli à l'antenne. Oui ou non, vous pouvez jouer chez vous. Au mariage de ma fille, j'ai mis une queue-de-pie, un jabot et une cravate Mickey. Sur les sièges de ma Safrane, j'ai conservé les plastiques d'origine, l'été ça colle, mais dans dix ans, j'aurai une voiture neuve. Si vous avez minimum un « oui », vous l'êtes ! Ultime question : « J'aime les spectacles de Robert Hossein, ai-je un terrain favorable ? » Oui ! Alors, une info qui a son importance, ça peut vous aider à guérir : André est premier prix de musique à l'Académie de Bruxelles. Section batterie bien évidemment. Un texte un peu gentil, André, c'est mon côté violon, désolé !

*Parfois, lorsque nous recevions une vedette étrangère, le traducteur édulcorait mes papiers, ou ne les traduisait que partiellement. Durant ma chronique, l'invité gardait un sourire béat. Le téléspectateur se disait : ils sont vraiment sport ces étrangers, quel sens de l'autodérision ! Ce fut le cas pour André Rieu. Malheureusement, quand André joue… Personne ne vous traduit sa musique, vous la recevez telle quelle…*

## WILLIAM SHELLER

Êtes-vous un homme heureux, William ? À bientôt soixante ans, faisons un état des lieux. Naissance en 46, père soldat américain. Dans le film *Qui a tué le soldat Ryan ?*, c'est le trois centième en partant de la gauche. Vous naissez la tête en forme de poire, on vous appelle : William. Vous l'avez encore un peu d'ailleurs… Avec la queue dans l'autre sens, évidemment. Formation hyper classique, on vous destinait au Prix de Rome, vous entendez les Beatles : terminé ! Début de carrière mémorable chez Bouvard, rubrique *La chanson idiote du moment* : « Donnez-moi, madame, s'il vous plaît, du ketchup pour mon hamburger. » Vous avez également écrit les jingles des pubs Flunch et Hippopotamus. On parle sans arrêt de votre tube : « Un homme heureux », au détriment du reste. En même temps, dans *Télérama*, vous dites : « Mon ambition n'a jamais été d'avoir un buste en bronze avec un pigeon qui te chie sur la tête. » Dalida a sa statue, en pied, au cimetière Montmartre et c'est vrai que les pigeons en profitent. C'est rancunier, ces petites bêtes. Vous avez écrit un titre pour elle : « Je me repose »… Prémonitoire !

En 66, vous créez un groupe, The Worst, jusqu'au jour où vos musiciens sont bloqués à la frontière belge. Ils étaient quatre dans une Fiat Uno. *(Accent belge.)* « Ah ! Uno, c'est une seule personne, vous êtes quatre, on passe pas, faut trouver une Audi Quattro ! » Vous ferez votre concert seul, piano et voix : une révélation !

Côté privé, là aussi, vous êtes un homme heureux. Casanier, ermite, fait ses courses par Minitel. « Dans les soirées, je me réfugie aux toilettes. *(Se mettre à danser.)* Super cette soirée, il est où l'homme heureux ? – Aux chiottes ! » Aujourd'hui, vous vivez seul : « Une femme, c'est comme l'eau, ça s'infiltre partout. » C'est vrai que c'est une saloperie ! On est sans arrêt inondé. On en vire une, on est peinard trois semaines, on se remet à la colle, ça recommence !

Nouvel album intitulé : « Épures », c'est le cas de le dire… Enregistré en Sologne, à la cave, près de la chaufferie. Quand le facteur sonne, Sheller se planque aux toilettes : « Merde, une fuite d'eau, y'a une gonzesse dans la pièce ! » Une langue bien aiguisée : à propos de la « Star Ac' », « Pop Stars » et Cie, vous dites : « Ce sont des émissions faites par des vieux avec des jeunes coachés par des tâcherons ». La Sologne, la chaudière plus la mosaïque…

Tu peux devenir le « Papy Daniel » de la chanson française ! En tout cas, l'isolement a du bon… *(Montrer le disque.)* Très bel album ! Je crains que vous ayez, un jour, votre statue dans un square. Demandez qu'on vous mette un chapeau : « La poire au chapeau ! » Les pigeons devraient s'abstenir.

# LES HUMORISTES

## *DIDIER BOURDON*

Didier, vous sortez un disque sur la censure : « On ne peut plus rien dire ! » Il ne faut pas exagérer. La France est un grand espace de liberté, c'est pas un pays de tafioles, de tapettes, de pédés, de folasses… On peut dire des trucs ! Il y a de vrais comiques dans ce pays, insolents, corrosifs… Arthur va bientôt faire un one-man-show au Cirque d'Hiver… Il paraît que c'est de la bombe. Bah, il a faim, ça fait des années qu'il galère… Un mec qu'a faim… Le premier sketch, il raconte ses vacances à l'île Moustique avec Estelle. 1 800 euros la nuit… *(Un temps.)* L'île Moustique, pas Estelle. Excellent spectacle, pensez à réserver !

Le monde de l'humour bouge, Didier, ouvrez les yeux ! Il y a aussi votre grand ami, l'homme qui vous a découvert… Sans lui, vous ne seriez qu'une merde : Philippe Bouvard… *(Montrer le livre.)* Qui, à soixante-seize ans, sort un livre de blagues : « Une flatulence émise sur la voie publique console de ne pas posséder de moto ! » Avant de partir en vacances, offrez-le à mamie. Ça et des pâtes de fruit, ça fait toujours plaisir. Les choses bougent, Didier, ça va péter ! Guy Carlier vient de présenter un Eurovision très sulfureux avec le redoutable Julien Lepers. Il y a trois ans, c'était son cauchemar : il se réveillait en sueur : « J'ai présenté l'Eurovision avec Julien ! » Aujourd'hui, le rêve devient réalité ! *(Imitation Lepers.)* « Chroniqueur de grand talent, j'ai fini par travailler avec l'homme le plus bête du PAF, qui suis-je ? »

Ça va péter ! La troupe du Splendid, trente ans après, tourne un *Bronzés III*. Gérard Jugnot, sa Légion d'honneur fraîchement accrochée à la boutonnière, prend du Viagra pour se taper dans sa case Marie-Anne Chazel qui, une fois de plus, refuse… Elle préfère le sosie de Sarkozy. Sébastien sort un livre sur sa sexualité. La ménagère frissonne : cette année, elle n'a pas pu se masturber sur l'Eurovision à cause de Guy, elle se rattrape ! À côté de ça, il y a des gens qui foutent tout par terre, vous avez raison, Didier : le CSA autorise Julie Lescaut à 20 h 30, mais interdit la pornographie avant minuit. Ça oblige les enfants à veiller. Laetitia Bléger suspendue de son titre Miss France pour avoir posé à poil. Parallèlement, Nathalie Marquay Pernaut, qui fait la dinde dans « La ferme », garde le sien ! On peut dire des trucs, Didier : Catherine Deneuve travaille pour l'amour de l'art, Sylvie Vartan a rempli Bercy, Depardieu a une mémoire phénoménale, Ernest August de Hanovre est allergique au pinard. Le prince Albert n'a jamais aimé les Stewart, plutôt les hôtesses de l'air. À moins qu'Ernest de Hanovre l'ait fait boire… Il y aurait eu méprise dans les toilettes. Ah ! Dernière minute, Isabelle Giordano est devenue corrosive… Et Carlier, dans un sursaut d'orgueil, s'est assis sur Lepers. Je préfère une carpette à un coussin, a-t-il dit. Tout est encore permis !

## GUY CARLIER

Je ne comprends pas le choix de l'invité. Recevoir quelqu'un qui dit du mal de la télévision, du show-biz, de ses vedettes… Ces gens qui nous font rêver… Je ne vois pas le plaisir de se moquer ! On a tous vibré, cet été, sur le sort d'Évelyne Thomas. Allait-elle retrouver une émission ? Elle risquait le chômage. *(Se mettre à pleurer.)* Et on se rend compte alors à quel point on les aime ces gens-là ! Et puis elle s'est battue, elle a posé en maillot et, fin août, elle faisait « Combien ça coûte ? ». Elle était sauvée. Les dons arrivaient de toute la France, c'est la première fois qu'un « Thomas-Thon » est organisé de façon spontanée ! Et vous, vous arrivez, vous vous foutez de sa gueule. Je ne comprends pas. Depuis dix ans, Jean-Pierre nous donne le prix des ronds-points, là Évelyne va apporter sa touche : donner celui d'un géranium, d'une pelle à tarte. Comment peut-on ne pas être sous le charme ?

En plus, Guy, vous aviez magnifiquement commencé : comme parolier pour la chanteuse Melody. Une chanteuse qui s'appelle Melody… T'as envie de prendre la plume ! Musique : Orlando. Carlier-Orlando, la *dream team*. Je vais citer quelques strophes, que les gens se rendent compte du gâchis : « J'offre les jardins de Babylone à ce garçon pour qui mon cœur frissonne. » À mon avis, c'est paroles Orlando, musique Carlier. Aujourd'hui, vous pourriez être professeur de poésie à la « Star Ac' », l'équivalent d'un… je vais vous faire plaisir… d'un Bruno Masure… Si, Guy, si ! Avec du travail, on peut y arriver, ne vous cachez pas ! Quand on a écrit : « Son piano pleure des larmes d'ivoire, je sens la caresse sur mon poignet du bracelet brésilien qu'il m'a donné », les portes s'ouvrent, vous auriez pu tout faire ! Un ogre sur le spectacle de Chantal Goya, un duo aux Restos du Cœur avec Mimie Mathy… Vous l'auriez mise dans votre poche.

L'aura d'un Carlos, la plume d'un Herbert Léonard, le regard d'un Joe Dassin *(loucher).* Vous voyez que c'est simple d'être gentil avec l'invité, humain ! Pourquoi pensez-vous que Drucker m'appelle tous les jours, en me disant : « Rejoins-nous, tu seras entre la chienne et Bénichou ! » Parce que j'aime les gens. Méfiez-vous de ceux qui vous entourent : Bern sur Inter, etc. Avoir un employeur qui glousse comme une dinde à chacune de vos saillies n'aide pas !

Aujourd'hui, vous faites des émules, une sorte de petit con sur Canal, des yeux de cocker, un physique « PPDA fait du café-théâtre », qui s'est permis l'an passé d'insulter votre compositeur attitré, Monsieur Orlando, en révélant son âge : soixante-quatorze ans, alors que l'autre fait tout pour que ça tienne, Botox, fœtus de mouton… C'est pas bien ! Parce qu'un jour, je vous le dis, il va faire un papier sur vous, la petite salope, il va tuer le père et là, vous allez morfler !

*C'était le Guy Carlier d'avant… Avant sa collaboration avec Fogiel, avant qu'il ne présente l'Eurovision avec Julien Lepers, avant son interview vérité lors de sa cure d'amaigrissement, façon Mireille Dumas… Papier aujourd'hui démodé, à mon grand regret.*

## MARIE-ANNE CHAZEL

*Encore des sueurs froides ! J'avais déjà fait le portrait de Clavier, Blanc, Jugnot et Lhermite : épuisé mon stock de vannes sur la bande du Splendid. Bilan plutôt positif, hormis une fâcherie avec Jugnot, grâce à une plaisanterie sur son papa, ex-gérant d'une entreprise de plomberie. Mais bon, je suis bien placé pour le savoir... Question sens de l'humour, les humoristes ne sont pas les mieux chaussés. Je m'apprêtais à rendre une copie blanche et puis, miracle, je tombe sur une déclaration de Chazel dans les pages Jardin du magazine* Elle. *Comme quoi, avoir des lectures saines, ça sauve !*

Marie-Anne Chazel : cinquième membre du Splendid à venir nous voir... On les a tous faits ! Le problème de cette troupe, c'est qu'ils sont tous vivants : trois cents ans à eux cinq, c'est exceptionnel ! On a failli perdre Thierry Lhermitte qu'avait choisi les Maldives pour ses vacances. « Les Bronzés font du surf » !

Anne-Marie... Oui, Marie-Anne en verlan, ça fait Anne-Marie, c'est comme ça ! Dans le *Elle* du 6 septembre 99, on apprend que si, un jour, vous cessiez votre métier, vous aimeriez créer des jardins pour des gens, en fonction de leur personnalité. C'est passionnant !

Bern, ce serait un champ de radis, des tout petits radis. Mme de Fontenay des endives. Paul-Loup Sulitzer : des fraises, il va bientôt les sucrer. Loana : une courge. Obispo : des tomates, qu'on puisse les lui balancer. Rocco Siffredi : des concombres, une plantation de concombres… Mais pas à côté de Bern, c'est pas la peine de le narguer. Aghion, le réalisateur de *Pédale dure*, des navets… À perte de vue ! Christian Clavier, de l'oseille, du blé, des patates… Massimo Gargia, un champ de vieilles frisées, ça lui rappellera ses conquêtes. M. Le Pen, qui aime tant l'Occupation… des rutabagas, les lui faire bouffer, puis l'empaler sur une canne à sucre, la planter près d'un cerisier, ça fera fuir les moineaux. Pour nous : des raisins… ceux de la colère. Steevy : un petit pois, celui qu'il a dans la tête. Coffe : n'importe quoi, mais pas d'engrais chimiques, sinon on en a pour des heures ! Noël Mamère : du maïs transgénique plus une caméra de France Télévision, sinon il ne vient pas ! *(À M.-A. Chazel.)* C'est bien votre idée de jardinage, j'aime beaucoup ! Évelyne Thomas, une citrouille : comme elle fête Halloween toute l'année, c'est bien qu'elle en ait. Adriana Karembeu : une asperge avec deux melons… *(Un temps.)* Et un petit pois : Steevy peut lui prêter le sien. Bertrand Cantat : des prunes. Sacha Distel : des pissenlits. Jean-Claude Van Damme : des choux de Bruxelles, une fois ! Sophie Davant, rien : après mon passage, c'est en jachère pour trois ans ! Julien Clerc, qui s'est trouvé une petite de vingt ans : du piment, du gingembre, il va en avoir besoin ! Johnny, c'est pas la peine : pour avoir des enfants, maintenant, il se fait livrer par Colissimo. Adjani : une jarre… Ça lui rappellera Jean-Michel. Michael Jackson : très bientôt des oranges… Ça le changera des tomates cerises. Fogiel : un cactus, des orties. Bouvard, des truffes : ce sont les cochons qui les trouvent !

On termine par notre invitée : Marie-Anne Chazel… Des tournesols, sans cesse tournés vers le soleil. Mon dieu, j'ai dit une gentillesse. Finalement, le jardinage, c'est pas trop mon truc !

## DIEUDONNE

*Pour ne pas mal interpréter ce papier, il est indispensable de le resituer dans son contexte initial, et notamment de préciser la date de son écriture : septembre 2004. À l'époque, le « dérapage » de Dieudonné chez Marc-Olivier Fogiel restait un acte isolé. Il n'avait pas multiplié les déclarations nauséabondes que nous connaissons. J'avais trouvé les réactions à son encontre disproportionnées. Tout le monde, me semble-t-il, a le droit à une seconde chance. On pouvait légitimement penser que Dieudonné, artiste comique majeur, allait de lui-même regretter son sketch et faire amende honorable. Ce ne fut pas le cas. Aujourd'hui, je ne prendrais évidemment plus la défense de Dieudonné. J'ai, par la suite, demandé à ma production de ne pas rediffuser ce portrait à l'antenne, afin d'éviter tout malentendu.*

*(Très contri, le regard fuyant.)* Alors, j'ai un peu honte de le dire, mais j'ai aimé Dieudo… Comme des milliers de Français, à l'époque, on ne savait pas, on manquait d'infos ! Aujourd'hui, je regrette sincèrement. On était copains, j'ai même joué dans son théâtre… J'ai collaboré, je l'avoue ! Y a des photos de moi avec lui sur scène. Je ne peux pas nier ! Et puis, dès que t'es photographié avec un Noir, tu ressors tout de suite !

Tous les artistes qui ont joué chez lui devraient être rasés : maillot, aisselles et moustache… J'ai payé la salle : 1 000 euros par jour, à l'époque je trouvais ça bon marché, depuis ses dérapages, je trouve que c'est un négrier, salopard !

J'ai aimé Dieudo, j'ai même… Je vais lui faire un vrai compliment… Sur certains spectacles, j'oubliais qu'il était noir. Je le considérais comme un humoriste blanc, une sorte de Pierre Palmade dépigmenté ! J'ai ri chez Fogiel, je l'avoue… Le dimanche soir, on est devant sa télé, en charentaises, la main dans le calbute, on est moins vigilant. J'ai ri comme tout le monde, regardez les images : Marco est mort de rire, le public est debout. Et puis le lendemain, quand ça a tourné vinaigre : la presse l'a lâché, les médias boycotté, un pestiféré bamboula… j'ai retourné ma veste… Immédiatement ! On est une famille de sans-couilles, papa était sans couilles, grand-papa aussi : collabo en 40, résistant en 45, on a ça dans le sang. Les girouettes « Guillon », fabricants depuis 1920, tous les clochers de France nous connaissent. Comme dit Fogiel : « On ne peut pas plaire à tout le monde… Mais enfin, faut quand même plaire aux puissants ! » (c'est la deuxième partie du titre, elle est moins connue).

Depuis, je me suis rattrapé, je suis « dieudophobe ». J'ai signé des pétitions, monté des comités. Dès qu'un humoriste était noir, je n'y allais plus, Kavanagh, Légitimus : principe de précaution ! J'ai pourri Dieudo partout ; quand son spectacle est annulé, je propose le mien. Humour classique : stewart homosexuel, secrétaire nymphomane. Pas drôle, mais aucun dérapage ! Ça peut aller à « Vivement dimanche », c'est formaté pour. J'ai même dit à France Télévision : « Quand vous passez un sketch d'Élie et Dieudonné, floutez Dieudonné, que les générations futures ne sachent plus qui c'est ! » J'ai même acheté le disque de Semoun, je l'ai écouté… *(Un temps.)* Comme un châtiment corporel ! Par contre, Dieudo, je suis un petit peu embêté… Tu reviens en force, ton spectacle est canon, on t'invite à nouveau… Si l'embellie se confirme, si tu redeviens fréquentable, si tu parraines les Restos du Cœur, si tu pars en vacances avec Bruel… J'exagère, mais imaginons… est-ce qu'on pourrait redevenir copains, toi et moi ? Et puis, on dira que je t'ai toujours soutenu, hein ? Girouettes Guillon, leader mondial depuis 1920 !

## PASCAL LEGITIMUS

Je vous ai fait un papier à l'antillaise, Pascal, en hommage. D'habitude, je me lève à 7 heures pour écrire, là, j'ai fait la grasse mat' jusqu'à midi. Pénétrer l'univers de l'invité, c'est important. Pour Régine, j'ai écrit bourré.

À midi, j'ai allumé mon ordinateur… Le temps qu'il chauffe : midi et demi. En plus, mon fond d'écran, c'est une plage avec des cocotiers… Ça n'aide pas. Un petit café, pipi… Le café, on me l'apporte, pipi, faut y aller soi-même… C'est crevant. À midi et demi… j'ai tapé « Pascal » avec un doigt… Du coup, je me suis fait les ongles. 13 h 30 : choix des sandwichs. Peut-on mélanger thon et mozzarella ? je ne sais pas qui a lancé la discussion. Mais, à 15 heures, on s'est dit qu'il fallait y aller. À 16 h 30, Isabelle va chercher des chouquettes pour le bureau. Là, pour le coup, thon et chouquettes… Isabelle est « responsable agrafeuse » à Canal +. Avant, elle était aux trombones, c'est une promotion. Si l'agrafeuse tombe en panne pendant qu'elle va chercher des chouquettes, c'est sa responsabilité. À 17 heures, j'avais tapé « Pascal », faut-il le sauvegarder ? Oui. *(Rire.)* C'te blague ! Si je dois recommencer demain ! Le mois de mai, avec tous ses ponts, t'as pas le luxe de te dire : « Je vais prendre huit jours pour écrire un truc sur Légitimus ! » Le mois de mai, faut être sur le coup. C'est ce que disait Stéphane Custer, qui venait de lancer la discussion suivante : « Un litre d'Évian dans la journée c'est bien, plus ça fatigue les reins ! »

Bon… Je vais démarrer mon papier… « Légitimus » né à Paris… Le 13, 14 et 15 mars 59. À l'antillaise… Le temps d'arriver à la clinique. À l'accueil, c'est une cousine de Sainte-Lucie… Il n'y a plus de formulaire, faut changer l'eau des fleurs, relever le store et après, on verra. Et si je mettais un extrait de mon papier sur Didier Bourdon ? Je vais faire un « copier-coller ». Les Inconnus : « Premier groupe humoristique baptisé "Les 5", avec Smaïn et Seymour Brussel. Smaïn parti, ils deviennent les "Quatre quarts". Sans beur, puisque Smaïn est parti. » Voilà, j'ai gagné quatre lignes. Ah ! Il est bientôt 18 heures… Y'a un pot d'adieu. Un stagiaire, engagé ce matin et qui finalement repart. Panique dans le couloir, tout arrive en même temps : les sandwichs au thon, les chouquettes et le ti-punch pour le départ du stagiaire furtif. « T'es content de ton papier sur Légitimus ? – Oui, je tiens quelque chose de rare ! – Dis donc, le thon n'est pas frais, dit Custer qui a l'art de relancer la conversation. Tu rentres déjà, Guillon ? – Oui, je vais nager à la piscine, j'ai un papier à écrire sur Évelyne Thomas. *(Faire le poisson-lune.)* Dis à Cyril d'éteindre mon ordinateur : ce matin, je l'ai ouvert moi-même, c'est quand même son boulot, merde ! À demain… Enfin, demain… Si je suis en forme. »

## MICHEL MULLER

Je suis ravi de la venue de Michel, qu'est un petit peu mon papa en saloperie, c'est lui qui m'a appris le métier, les ficelles : comment devenir un petit pourri, une ordure du PAF. On ne baptise pas Évelyne Thomas : ET, Flavie Flament : Flamant flapi, on ne dit pas : Orlando est né en 36, gratuitement. Devenir un enculé cathodique est un long processus.

Pour que les gens comprennent, en 99, j'étais au fond du trou : un garçon classe, propre sur lui, j'aimais « Sagas », *Point de vue – Images du monde*… Une tête de fayot, une acné florissante, je me masturbais sur des cassettes de la Reine Mère, dans la rue les gens m'appelaient Bern… J'étais très mal, quand Michel m'a dit : « Viens, avec moi écrire la série des : "Fallait pas l'inviter". » Un meurtre, un viol, une baston toutes les trente secondes. Au départ, j'étais timide, j'écrivais : « Y pique le sac d'une vieille ! » Michel me disait : « C'est faiblard : c'est plus drôle de la traîner sur trente mètres, la lanière du sac se bloque, une fois morte tu te la tapes. » Il a un œil extraordinaire, c'est un créateur, un chef de clan.

Au bureau, y avait une ambiance du tonnerre : on guettait les catastrophes, les écarts climatiques… C'était notre matière. Le crash du Concorde, l'*Erika*, on a fêté ça toute la nuit. Dès qu'il y avait une merde, Michel faisait un pot. Par contre, le moindre truc positif : une naissance, un mariage, un connard qui découvre un vaccin, Michel arrivait au bureau, il était dépressif, il nous frappait : un coup sec derrière la nuque. Il a travaillé en hospice, il sait diriger une équipe. Globalement… Il préférait taper les vieux, il me l'avait dit : « Ça casse plus vite, je me fatigue moins ! »

Au bout de six mois, j'ai commencé à écrire des saloperies tout seul, j'y prenais goût : « L'histoire des bébés siamois qui partent en avion, à New York, pour l'opération de la dernière chance, l'avion se crashe, les bébés sont séparés, mais ne survivent pas. » Ça l'avait enchanté ! Michel content, c'était quelque chose : très camarade ! Combien de fois, il nous a dit : « Venez avec moi, les gars, on va violer la comptable ! » Brigitte… qu'a fini par se suicider. Cela dit, Michel a été très correct, il a envoyé une couronne et il l'a nommée directrice des ressources humaines à titre posthume.

On s'est quittés… En 2001 *(très ému, aux larmes)*, Michel m'a dit : « Faut que tu partes maintenant, t'es prêt, deviens une ordure à part entière, prend ton envol ! » Il m'a raccompagné et il m'a mis un coup de boule. C'est sa façon à lui de dire : « Je t'aime. » Ses meilleurs auteurs ont la cloison nasale détruite. Ça reste une formidable école, je le dis à tout le monde : si vous souhaitez devenir une ordure, détestée du show-biz, faites un stage là-bas. J'appelle de temps en temps. Le soir du tsunami, j'ai pris mon téléphone, j'entendais le bruit de la fête en écho, Michel m'a dit : « Passe, on arrose l'événement ! » Un sens de la formule inégalé, c'est notre plus grand poète, on s'en rendra compte trop tard. Je sais que ça va te faire plaisir, Michel… Tu es le plus beau salaud que j'aie jamais croisé, c'est sincère !

*J'ai travaillé pour Michel Muller et, pour moi, ce papier était une sorte d'hommage plutôt sympathique. À la fin du papier, Michel a une réaction bizarre : assez froid, il déclare ne pas me connaître et ne pas comprendre ce portrait. Était-ce de l'humour au quinzième degré, je ne sais pas ? Toujours est-il que Michel n'est pas apparu sous son meilleur jour. Il s'en est certainement rendu compte puisque le lendemain, il s'est gentiment excusé sur mon répondeur.*

## ELIE SEMOUN

Alors, c'est une déception ! On s'était habitué au Semoun crooner, à force d'écouter l'album, on trouvait ça bien… On dansait dessus… Si, si ! Dans les maisons de retraite, ç'a été un tube : DJ Alphonse le passait régulièrement. Des bébés furent conçus sur cet album. Ils ont aujourd'hui un an, des physiques particuliers… Dans les crèches, ils n'en veulent pas ! Je rappelle que Bern fut conçu sur : « Y'a de la joie ! » Pour ses parents, elle fut courte !

Élie et Dieudonné à la retraite, on s'était fait une raison. L'un se prend pour Sinatra, l'autre… Il est soigné maintenant, entre deux séances d'électrochocs, il est traité par le professeur Renard. C'est lui qu'a expliqué à Adjani que Jean-Michel ne reviendrait pas. Deux comiques en moins, pour un humoriste, c'est rassurant : ça fait de la place ! Maxime, il peut continuer, qu'il arrête ou pas… il prend la place de personne. Ah, j'oubliais, après le long reportage consacré à Mobutu sur France 3, vous avez été très nombreux à nous demander s'il s'agissait du dernier spectacle de Dieudonné : NON ! C'était un piège, c'est vrai que quand l'humour et la politique se mélangent, c'est difficile de faire la différence.

Donc, tout allait bien, Semoun gazouillait, et patatras : il remonte sur scène. En tant qu'humoriste, bon camarade, j'y vais, décidé à ne pas rire. Arrivé au foyer du théâtre, quelques perfidies : « Il paraît qu'il n'a pas bossé. Quand on chante aussi bien, dommage de ne pas persévérer ! » On s'assoit au premier balcon, si c'est chiant, on pourra partir. « Pourquoi t'as mis ton manteau en cuir noir et tes bottes cloutées ? me dit ma copine. – Merde ! Je croyais qu'on allait au spectacle de Dieudo ! » Autour de nous, quelques VIP, le maire de Paris… le seul arrivé à l'heure : il prend les couloirs d'autobus. Ça commence, toute la salle se marre. Tête du comique quand son copain cartonne. *(Faire la gueule.)* Tête du comique qui souhaite que sa copine arrête de rire… *(Faire la gueule en regardant sur le côté.)* Des sketchs très noirs s'enchaînent : les vieux, la maladie, la mort… C'est très drôle : Élie est en train de me piquer mon boulot. Allez-y, c'est formidable et moi, l'année prochaine… je ferai un disque de bossa-nova. Merci, Élie !

# LES PERSONNAGES

## ROBERTO ALAGNA

Roberto, artiste lyrique, né dans un garage à Clichy-sous-Bois de parents siciliens. On peut naître dans un garage ! La patiente est placée sur un pont, elle est accouchée avec un cric. Chez Speedy, il voit beaucoup de personnalités du show-biz : Évelyne Thomas a fait la révision des cent mille, Ophélie Winter s'est fait poser des airbags, Karl Lagerfeld, c'est une crevaison lente. Votre père était maçon, tout ce qui est gros œuvre : la plupart de nos actrices connaissent. Bob, une enfance difficile : « J'avais honte de me prénommer Roberto. » Roberta, je peux comprendre… Roberto, c'est comme Orlando… Faut pas se trimballer avec un caniche ou des talons aiguilles, ça passe.

Début au cabaret, huit ans d'expérience… Comme Jean Roucas, j'essaye de trouver une comparaison qui flatte. Nombreux prix : lauréat du concours Pavarotti, médaille de vermeil Ville de Paris. « Carte vermeil », c'est Brialy qui, lui, aurait adoré s'appeler Roberto… Le monde est mal fait. En 92, vous rencontrez votre femme : Angela Gheorghiu, venue ici y'a quelques semaines… Une de mes nouvelles copines ! Derrière une porte, vous entendez une voix jeune et parfaite, vous imaginez une Castafiore, vous entrez : c'est une sylphide. Le contraire est emmerdant : on entend une sylphide, on pousse la porte, c'est une Castafiore – « Tiens, Maïté, vous chantez maintenant ? » En 96, le maire de New York vous marie… Giuliani, c'est le gars des Twin Towers. Ça et le mariage de Roberto… Deux catastrophes à son actif ! Avec Angela, c'est l'osmose parfaite, elle le dit : « Quand nous chantons, cela provoque une électricité telle, que les frémissements du public nous deviennent perceptibles. » Visiblement, elle a pris un court-jus. Votre organe, Roberto, est une véritable obsession, un entretien quotidien : « Quand je me réveille, je suis baryton. Il faut que je travaille pour devenir ténor. » Moi, je suis ténor dès le réveil, ma partenaire fait des vocalises très vite !

Vous comparez votre voix à un instrument de haute précision : « Chaque matin, je vérifie si elle est bien là, une simple vibration suffit. » Déclaration qu'on attribue, à tort, à Rocco Siffredi. Je prends souvent un exemple sportif, dites-vous, Lance Armstrong. Le Texan n'a plus qu'un testicule… Pour parler d'organe, y'a mieux ! Après, y'a un passage sur le travail de la voix : tous les matins, vous ramenez cent fois vos jambes derrière la tête… Soi-disant pour assouplir le diaphragme… À d'autres. Tout ça est très intéressant. Sinon, on a échappé au pire : vous avez failli chanter dans *Les Dix Commandements* de Pascal Obispo. Là, le spectateur ramène ses jambes derrière sa tête et colle ses deux genoux aux oreilles. C'est une technique de survie, dans un concert de Lorie ou Jenifer… ça peut vous sauver un tympan. Merci, Roberto.

## CLAUDE ALLEGRE

*Le procédé employé ici est un classique indispensable dans la panoplie du chroniqueur sale gosse. Prendre l'invité à son propre piège, comme dans ces arts martiaux japonais où l'on se sert de la force de l'autre pour le faire chuter. La méthode : utiliser une phrase de votre adversaire, si possible une déclaration malheureuse faite dans le feu de l'action et qu'on regrette aussitôt, puis abonder dans son sens en applaudissant des deux mains. Dites-lui qu'il a eu raison, mais qu'il aurait dû en faire dix fois plus, donnez des exemples. Résultat garanti !*

Claude, je vais vous mettre « Allègre » tout de suite : moi aussi, j'ai un humour qui fait pas, tout le temps, rire les profs. À propos de l'éducation nationale, vous avez dit : « Il faut dégraisser le mammouth ! » Mon prof d'histoire-géo avait un physique de mammouth laineux, exactement le descriptif du Larousse : « Bourru, dos pentu, oreille et queue minuscule. »

Vous dénonciez, également, l'absentéisme des profs… Le mammouth s'absente souvent, il disparaît même, là, ça fait trente mille ans qu'on n'en a pas vu ! Régulièrement, on en retrouve, roupillant dans la glace, des siestes de cent mille ans, feignasse ! Vous criez au scandale : « Quatre mois de vacances et, en plus, le mammouth prend ses "congés formation" sur la période de scolarité ! C'est la variété des mammouths Tire au flanus, Branlus, Rien à foutus. Tout ça à nos frais… Non seulement ça dort, mais ça broute ! *(Un temps.)* Le nombre de profs qui m'ont brouté ! 180 kilos de fourrage par jour : le temps qu'il les mâche, qu'il les digère… Évitez les premiers rangs… Un gaz de mammouth équivaut à un 747 au décollage. Blague de CE1.

Vous dénoncez également : « Un trop grand nombre de femmes dans l'Éducation nationale, l'autorité se perd, il faut plus d'hommes ! » La femelle mammouth se fait chahuter : plus frêle, moins poilue… Quoique… J'avais une prof de sciences nat' qu'avait un duvet naturel, avec un poireau. « Laine de verre » on l'appelait. En hiver, elle faisait ses cours fenêtre ouverte. Et puis, la femelle mammouth, quand elle est enceinte, ça dure cinq ans. La pénétration seule dure trois semaines : « Les enfants, Mlle Duchemin, votre professeur mammouth essaye d'avoir un bébé, elle sera de retour à Noël. » Elle revient, elle ne peut plus s'asseoir : Une trompe de mammouth, ça fait 1,20 mètre, ç'a beau être lubrifié avec un lait de coco, ça fait mal ! Stéphane[1] quand il avait croisé son éléphant en Inde… c'était pas facile.

Alors, beaucoup de mammouths alcooliques sont dépressifs. Être mammouth dans une steppe à risques, c'est pas facile ! Après les déclarations d'Allègre, le mammouth s'est braqué, il campe sur ses pattes arrière. C'est la variété du Cégétiste casse-couillus immobilis : plus rien à faire ! Faut pas le faire chier, un mammouth qui chie, c'est impressionnant. *(Faire une montagne avec les bras.)* Tu ne peux plus traverser qu'en squad ! Blague de CE2.

1. Stéphane Bern avait rapporté d'un voyage en Inde plusieurs photos d'éléphants mâles. Pour des raisons jamais élucidées, ces clichés l'enchantaient littéralement.

À ce moment-là, on envoie Jack Lang, charmeur de serpents, joueur de pipeau… Les mammouths l'adorent. Il sait comment les prendre, il les flatte, il leur fait des gratous. Et depuis, le mammouth grossit à nouveau… Toujours et encore. Et Allègre ? Allègre, c'est la grenouille qu'a voulu être plus grosse qu'un mammouth.

*Après mon papier, Claude Allègre, un peu gêné, bredouilla quelques phrases, resitua sa déclaration dans son contexte initial, en minimisa la portée, puis salua le courage des enseignants, ce métier si difficile, pas assez valorisé, etc. Machine arrière toute pour éviter les icebergs. Et qui dit iceberg, dit ? Mammouth ! Très bien, vous passez dans la classe supérieure.*

## PIERRE ARDITI

Pierre Marie Denis Arditi… Un vrai nom de scène ! On se demande pourquoi vous l'avez raccourci ? Naissance en décembre 1944, à Paris. Pas grand-chose à signaler sur cette époque, dans ma « Chronique du XXe siècle », à cette date, une seule remarque : « Nina Ricci voit la femme en petit chapeau. » C'est vrai que, pour aller chercher des tickets de rationnement, c'est plus discret qu'un sombrero. Poids à la naissance : 3,4 kilos… Pour un bébé d'Occupation, c'est exceptionnel. Enfance heureuse, mais désargentée, tous vos copains roulent en DS : le rêve ! Comme dit Depardieu, dans *Les Valseuses* : « Tu les sens, les coussins d'huile sous ton cul ? ». Pour pouvoir vous offrir la fameuse

« DS », très vite, vous allez travailler dans une compagnie d'assurance. Malheureusement, vous abandonnez ! Alors, est-ce que, aujourd'hui, Pierre… Quand vous entrez à la Macif ou la Matmut, vous n'avez pas un petit pincement ? Est-ce que, quand on a été si près d'être assureur, on ne se dit pas : « J'ai, peut-être, renoncé à mes rêves » ?

On a des photos de vous à vingt ans, vous étiez prêt, vous aviez un physique d'assureur exceptionnel, passe-partout, morne, le charisme d'une huître. Un physique longtemps boudé par le cinéma… À juste titre ! Aujourd'hui, vous avez une vraie gueule, l'œil pétille… On sent le type qu'a brûlé sa vie, joué aux cartes, aimé jusqu'à plus soif ! Plus personne ne souscrirait une assurance chez vous. Ou alors, une assurance-vie, on se dit : « Tiens, lui, il a tenu, il pourra pas me la refuser ! »

Acteur de renom, vos débuts furent catastrophiques ! On s'en serait douté. Vous jouez en province, là-bas, les gens sont moins regardants, un assureur qui fait du théâtre, on se dit pourquoi pas ? Premier grand rôle en 67, un coup de bol ! Mai 68 arrive, retour à l'anonymat. Errance, coup de blues. Et là, une autre profession magique vous tend les bras : garçon de café. Beaucoup gardent le souvenir ému d'un jambon-beurre ou d'une frites-saucisse, servi par vous. Les gens n'ont pas compris ce deuxième abandon : « Mais, Arditi, il ne sert plus de demi-panaché ? – Non, il a arrêté ! » Du coup, vous refaites l'acteur, cette fois un beau parcours… C'est un minimum : quand on redouble, on s'arrange pour être premier. Au fil des ans, vous travaillez, de plus en plus… Certains parlent de boulimie. Pour être honnête, vous n'avez pas le choix, au niveau de vos points retraite, vous êtes très en retard. Vous faites même des séries sur TF1. Là, c'est votre côté assureur qui reprend le dessus. On fait du porte-à-porte, on vend, peu importe la qualité, on fourgue !

*Arditi a plutôt bien réagi : même quand je l'ai épinglé sur son côté boulimique qui tourne des navets pour payer ses traites, il s'est amusé. Est-ce sa vraie nature, a-t-il voulu faire bonne figure, être fair-play ? Pour beaucoup d'invités, le doute subsiste. Je pense que certains affichent un sourire figé, parce qu'ils sont coachés par leurs attachées de presse : un manque d'humour peut être dévastateur. Quand l'invité réagissait bien, le lendemain, j'avais le droit dans la rue à mon petit lot de réflexions : « T'aurais dû y aller plus fort, tue-le la prochaine fois ! » Constat très déprimant : malgré tout le mal que je me donne, les gens sont beaucoup plus méchants que moi !*

## PIERRE BELLEMARE

*(Imitation Bellemare.)* Mesdames et messieurs, bonjour. Il est 11 heures, nous sommes chez Pierre Bellemare, alias « Tonton Carotte », baptisé ainsi par sa nièce. En 70, il était roux, ceux qui avaient la télé couleur à cette époque s'en souviennent ! « Tonton Carotte » se réveille, thé et croissants chauds, petit câlin avec madame, il faut bien justifier son surnom. Dans la chambre d'à côté, Jean-François Nahmias, son nègre, qui a écrit toute la nuit, a le droit à une biscotte.

À 11 h 05 ! Je monte la voix, c'est pour le suspens… (un truc que je vous ai piqué !), vous êtes debout et vous vous rasez. Réveillé à 11 heures, il vous aura fallu moins de cinq minutes pour prendre un thé et faire un câlin à madame. Le surnom de « Tonton Carotte » n'est-il pas usurpé ?

À 11 h 05 et 7 secondes, coup de sonnette, Bellemare reçoit sa première visite. Nahmias va ouvrir : la nuit, il écrit ; le jour, il fait le service. Face à eux, Mme Berthier, ménagère de plus de cinquante ans, amputée des deux bras, à qui Bellemare a fourgué un rameur, en 88, dans l'émission « Télé Shopping ». Quinze ans se sont écoulés, Mme Berthier, depuis, a été amputée des deux jambes. Son cancer est en rémission, les médecins sont confiants.

À 11 h 10 pétantes *(petit clin d'œil amusant)*, Mme Berthier exige qu'on lui rembourse son rameur. Tout se bouscule dans la tête de Pierre : qu'aurait fait son père, vendeur de livres, à sa place ? Un livre n'est pas un rameur, quoique… Un manchot ne peut pas non plus tourner les pages. Et là, mesdames et messieurs, le pape du télé-achat, le Christophe Colomb des patins glisseurs et du tapis pieds propres, l'homme qui a ruiné des générations de ménagères, les poussant à s'endetter pour acheter sa camelote – camelote qu'on retrouve trois semaines plus tard sur les trottoirs, même les encombrants n'en veulent pas ! –, cet homme va trouver la solution ! Devant cette femme totalement détruite, ce reste : un tronc avec une tête, une épaule de gigot…, l'ex-présentateur de « La tête et les jambes » (quelle coïncidence !) va réaliser sa plus belle vente.

Il appelle son fils, Pierre Dostel, c'est un pseudo : l'homme a fait du télé-achat sur M6, sa tête est mise à prix par un comité de ménagères en colère, l'une d'elles souhaite le castrer avec un « Magimix ». Dostel arrive, il porte un pyjama Mickey, une taille douze ans, un retour client. Chez Tonton, rien ne se perd !

Il est 11 h 30, tous les regards convergent sur Mme Berthier. Et là… Pierre Bellemare, la voix la plus célèbre du PAF, propose de vendre à Gisèle Berthier… *(Un temps.)* Je fais un temps, c'est pour le suspense ! Une corde à sauter… Oui, mesdames et messieurs, après le rameur : la corde à sauter ! (Véritable corde de chanvre, tressée à la main par de petits Taiwanais sous-alimentés.) Gisèle repart avec sa corde, elle est heureuse, il est 11 h 45 !

J'aurais… J'aurais aimé vous raconter l'après-midi de « Tonton Carotte », notamment la visite de son fils caché : Laurent Cabrol, ex du télé-achat, recyclé aujourd'hui dans des cours de jardinage. Grâce à lui, j'ai fait crever tous mes rosiers. Mais le temps m'est compté ! Sachez que Gisèle est morte trois jours après son acquisition, elle s'est pendue à l'aide de sa corde. Le chanvre a tenu. Pas de bol ! Pour la première fois de sa vie, « Tonton Carotte » avait vendu un truc qui fonctionne ! Bonsoir.

*Bellemare a admirablement réagi. N'oublions pas que son premier produit, celui qu'il vend le mieux, c'est lui-même !*

# FRANCIS HUSTER

*Lors de la deuxième année à Canal Plus, nous avions trois invités au lieu d'un, et, avant mon arrivée sur le plateau, aucun d'entre eux ne savait qui essuierait mes tirs. Quand j'annonçais à Bern le nom de la victime du jour, un jeu assez drôle se mettait en place. Les deux qui échappaient au couperet prenaient un air soulagé et le troisième affichait une mine volontairement catastrophée. En vérité, les sentiments des uns et des autres étaient beaucoup plus complexes que ces réactions de façade. Il arrivait que certains invités, par l'intermédiaire de leur agent, fassent discrètement savoir leur désir d'être portraituré.*

*N'y voyez là aucun masochisme, mais plutôt une question d'orgueil : « Ma carrière est quand même beaucoup plus intéressante que celle des deux autres, Guillon va se régaler ! J'ai même, s'il le souhaite, deux-trois anecdotes savoureuses qu'il peut utiliser ! » Moi, le vilain petit canard du PAF, l'horrible petite fouine qu'il fallait, il y a six mois encore, absolument éviter, je devenais tendance. Je prenais à mon tour la grosse tête et, pour calmer mon ego, de toute urgence, je me suis écrit un autoportrait. Tout ça pour vous dire que Francis Huster aurait été très déçu si mon portrait avait été sur quelqu'un d'autre. Ce n'est qu'une intuition, elle n'engage que moi, mais quand même… Avant l'émission, il me serra très chaleureusement la main, ajoutant un truc du genre : tu peux y aller, on va se marrer.*

Huster, né le 8 décembre 47 à 12 h 40. Pour une fois, c'est précis. La sage-femme qui vous accouche se nommait Molière. Celle qui a accouché Bern préfère garder l'anonymat. J'ai son rapport sous les yeux : « Bébé minuscule et très laid. Mme Bern demande quand est-ce qu'elle accouche ? Difficile de lui dire que c'est déjà fait ! Taille : 20 centimètres, sorte de rosbif, mal ficelé, portant une houppette vissée sur le crâne. Très rare dans une carrière d'accoucheur. »

Revenons à vous, Francis. Situation de famille : deux enfants, compagne : Cristiana Reali, qui court chez Prada s'acheter des chaussures en cas de mauvaise critique. Quand j'ai fait son portrait, elle a dévalisé trois boutiques ! D'origine brésilienne, Cristiana est aussi célèbre que Paulo Coelho et Ayrton Senna… L'un s'est pris une barrière, l'autre malheureusement continue à écrire.

Huster, supporter du Paris-Saint-Germain… On est de tout cœur avec vous. Si vous avez besoin de quoi que ce soit : parler, boire un coup, vous confier… On est là ! Parfois, vous avez été chanceux : en 98, vous étiez président des supporters de l'Équipe de France. Après, ils ont changé de Francis, ils ont pris Lalanne[1]. Et comme il chante dans les tribunes… les joueurs sont démotivés. Pour le prochain mondial, on parle de Francis Perrin… Excellente idée ! Il a joué au théâtre avec Bern… Grand spécialiste des situations désespérées.

Alors, votre carrière, Francis, allons à l'essentiel : en mars 2005, vous avez présidé l'élection Miss France. À propos de Mme de Fontenay, vous déclarez : « Elle

1. Coupe du Monde 2002, la France fut sortie au premier tour.

a vraiment des couilles, Geneviève ! » On savait qu'elle avait un chapeau, un tailleur Chanel, mais des couilles… Une info à relativiser : « Au lycée Carnot, j'étais un élève timide et *bigleux* ! […] Dans la famille, il était clair que je serais chirurgien. ». Un chirurgien myope… Qui voit des testicules quand il n'y en a pas et inversement… Rappelons qu'Amanda Lear est entrée au bloc pour une simple appendicite. À huit ans, Francis tombe amoureux de sa monitrice de colo… Qui était peut-être un moniteur, va savoir ? Vous avez toujours eu des problèmes de vue. En janvier dans *Gala*, vous dites : « Cristiana, c'est Alceste en jupon. » Élève au lycée Carnot, vous êtes copain avec Jacques Weber. 1,90 mètre pour 100 kilos, c'est un homme ! Vous y croisez Florent, professeur de théâtre, il vous prédit une grande carrière : « Toi, Jacques, tu feras la pub des yaourts Danacol contre le cholestérol, et toi, Francis, les Assurances vertes, avec la tragédienne Virginie Lemoine ! » Moi, c'est là où je vous préfère. Quand ma mère dit : « Huster dans *Lorenzaccio*, c'est mon plus grand souvenir de théâtre ! », je lui réponds : « Maman, tu ne l'as pas vu dans les Assurances vertes ! » Même chose quand Bern a fait la pub pour les Mutuelles du Mans. Ça a été un grand moment de théâtre. *(Un temps.)* L'assureur devrait bientôt déposer son bilan.

Ah, vous venez pour un livre, Francis, j'oubliais ! Sur la jaquette un type avec des lunettes, une tête de satyre[1]. Si c'est lui qu'a opéré Amanda Lear… elle a dû souffrir. C'est tout pour aujourd'hui. Merci.

---

1. Photographie de Sacha Guitry.

## JULIETTE

*Juliette : une belle carrière, un sans-faute. Et, pour moi, un cauchemar ! Je me souviens avoir dessiné pendant plusieurs heures des ronds sur une feuille de papier, nouvelle technique pour préserver mes proches de ma mauvaise humeur. (Parfois, laisser la porte du bureau entrouverte et faire les ronds à vue, histoire de faire culpabiliser un minimum tous ces planqués qui n'ont pas de papier à écrire sur Juliette !) Et puis, soudain, le déclic... Faire des ronds à force, c'est emmerdant... Puisque Juliette est irréprochable, le lui reprocher !*

Qu'est-ce que c'est que cette carrière, Juliette ? Vingt ans pour réussir ! À l'ancienne... On apprend son métier : piano-bars, cafés-concerts, levers de rideau ! Vous êtes malade ! Vous ne voulez pas, non plus, relancer la mode des radio-crochets, chanter dans les cours, qu'on vous jette des pièces ! Faire la caravane du Tour de France à la Yvette Horner ? *(Voix TSF.)* « Bonjour, aujourd'hui, pour le plus grand plaisir de nos coureurs, à Bourg-Saint-Maurice, la môme Juliette a interprété son standard "Fantaisie héroïque". Demain, la chanteuse s'envolera pour Bagdad, où nos militaires épuisés, mais heureux, l'attendent ! »

Juliette Noureddine... Qu'est-ce que c'est que ce nom ? Lorie, Jenifer, Priscilla, c'était compliqué ? MC Juliette, à la rigueur ! Noureddine... Un nom à piquer des sacs et des auto-radios ! Père saxophoniste-clarinettiste, collaborait avec Pierre Boulez... À mon avis, à *Télérama*, vous êtes en poster... Entre deux manchots, ils adorent *La Marche de l'empereur*. Les deux sont en noir : le manchot n'a pas de bras, Juliette a des lunettes. École de musicologie, chante Brel à quatorze ans… Priscilla, c'était : « Chante comme une brêle à quatorze ans. » Printemps de Bourges, Grand Prix Charles-Cros… Ducros, ce sont les épices, je précise pour le public d'Alizée qui nous regarde.

Chevalier des Arts et des Lettres… Bern aussi… Donc, ça veut rien dire ! On a eu beaucoup de chanteuses dernièrement, dans les bios, y'avait les mensurations : Carla Bruni : 84-60-82, Karen Mulder : même chose. Pour apprécier la qualité des textes, quand y'a la taille du bonnet c'est mieux. Vie privée, pareil : y'a rien ! L'île Maurice, ça vous tente pas ? En monokini avec Alain Chabat qui vous met la main dans le maillot ? Moi, ça m'aide à bosser ! « Je suis très casanière, j'aime mes pantoufles et ma maison. » *Voici* va pas faire sa couv' là-dessus, Juliette, chez elle, en pantoufles : « Ça y est, je me suis acheté un Thermos ! » Venons-en à l'album, titre : « Mutatis mutandis »… C'est du latin. Traduction : « Ce qui devait changer ayant été changé ». En Belgique, ça va faire un carton, un disque avec des mots croisés à l'intérieur. C'est compliqué d'écrire des choses qu'on comprend ? « Moi, j'ai besoin d'amour, des bisous, des câlins, j'en veux tous les jours, c'est comme ça[1]. » Plus loin, vous hispanisez un texte de Baudelaire. Bah oui ! Baudelaire, en français, c'est trop simple ! Je vais vous dire un truc, Juliette, vous avez mis vingt ans pour réussir. Si vous continuez vos conneries : texte léché, musique impeccable… dans vingt ans, vous

1. Chanson de Lorie. Essayez un tout petit peu d'avoir la même culture que moi, que je me sente moins seul !

serez toujours là ! Honneur, carrière internationale, etc. Comme pour Aznavour, on fera un arc de triomphe avec vos CD, et vous présenterez le tout chez Drucker : « Et maintenant, Juliette, formidable, un album en grec ancien, on l'écoute ! » Ça fout la trouille ? Alors, réfléchissez !

## ENRICO MACIAS

Enrico, le 29 juillet 61, sur le bateau qui vous emmène loin de votre Algérie, vous improvisez une chanson : « J'ai quitté mon pays, j'ai quitté ma maison… » Et c'est parti, mon kiki, votre carrière démarre ! À l'époque, y'avait pas la « Star Ac' », « Pop Stars » et toutes ces conneries, une bonne guerre civile, on prenait un bateau, une guitare, et on se faisait remarquer ! À noter que François Valery, pied-noir lui aussi, chanta une seule strophe avant d'être enfermé dans les cales. Bateau mythique, une chance incroyable, tout le showbiz français prit le même rafiot ce fameux juillet 61 ! À l'avant Macias grattait sa guitare, à l'arrière Marthe Villalonga racontait des blagues, en cabine Roger Hanin se faisait appeler commissaire, sur le ponton Bruel, très en avance, appelait *Voici* pour négocier les photos de son mariage. Tous les passagers, *(avec regret)* même François Valery, réussirent ! Exceptionnel dans l'histoire de l'immigration, très peu de réussite dans le show-biz chez nos amis boat-people. Ceux qui s'en tirent le mieux ouvrent un karaoké dans le vingtième. De plus, le boat-people a la fâcheuse habitude de finir ses voyages à la nage. Je défie quiconque de chanter : « Ah ! qu'elles sont jolies, les filles de mon pays » en faisant un crawl avec des vagues de trois mètres. Tu remplaces très vite les poï-poï-poï par des glou-glou-glou. C'est comme les gars qui voyagent dans les trains d'atterrissage de Boeing. Si t'en sors, au mieux tu travailles chez Picard, rayon surgelés.

Présent, ce 29 juillet, le tout-Paris pied-noir. Exil dernier cri, traversée de rêve, il fallait en être ! Jean Reno, heureux comme un poisson dans l'eau : la Méditerranée, c'est déjà le Grand Bleu, « Besson me voilà ! » criait-il. Cul et chemise avec Villalonga : Guy Bedos. Les passagers écoutaient une chanson de Macias, pleuraient comme des madeleines, puis se gondolaient en écoutant Bedos. Jean-Pierre Bacri, lui, faisait la gueule… Pas parce qu'il était parti, non, non ! Avant le départ, il la faisait déjà ; une fois arrivé, il a continué ! Très occupé, Afflelou faisait tchin-tchin avec la ravissante Claudia Cardinale, tout le bateau, il y est passé : la deuxième monture est gratuite. Il est fou, Afflelou… Il se donne, il se donne… Et aujourd'hui, il est presbyte. Je vous ai fait une fin à la Enrico… Cher Enrico, je vous souhaite, très vite, d'aller chanter en Algérie, pour vous, pour le peuple algérien. Allez-y en bateau, goûtez chaque instant de la traversée, que vos oranges et les leurs ne soient plus jamais amères. *(Avec l'accent pied-noir.)* J'aurais dû apporter ma guitare, désolé !

*Oui, bon… Ce jour-là, j'ai fait mon Guy Carlier*[1]*, un moment de faiblesse. Le résultat fut terrible… Enrico, toujours une réserve lacrymale en poche, se lève et me serre dans ses bras. La honte ! Moi, la*

1. Faire son Guy Carlier : expression créée au début du XXI^e^ et qui consistait à flatter un invité après l'avoir détruit pendant des années.

*langue de pute de Canal en pleine effusion avec l'invité. Les semaines suivantes, il a fallu redoubler d'attention, redevenir une belle petite enflure du PAF. Et croyez- moi, c'est du boulot !*

## JUDITH MAGRE

*À la télé, il y a des règles, des codes : quand une pièce de théâtre ou un film est une nullité intégrale, on ne le dit pas ouvertement à l'antenne. Les raisons sont multiples : impossible de se fâcher avec telle vedette, la chaîne sur laquelle vous officiez produit une partie du film, etc. Vous ne pouvez pas non plus… à moins de vous appeler Isabelle Giordano… dire que c'est un chef-d'œuvre. Question de crédibilité, de respect du public. Il faut donc biaiser.*

*Pour dénicher un vrai navet, voici quelques phrases clés : « Il y a une scène que j'adore ! » (le reste, on s'ennuie). « Un tel est formidable ! » (les autres sont à chier). « Faut surtout pas raconter la fin ! » (je suis parti avant, j'en pouvais plus !). Cas de figure exceptionnel : la pièce mise en scène par Jean-Michel Ribes et interprétée par Judith Magre. Malgré l'immense bonne volonté d'une équipe aguerrie aux cas désespérés (défendre l'album de Lorie, parler littérature avec Bruno Masure, swinguer sur un album de Delerm…), ce jour-là, aucun compliment ne fut trouvé en salle de rédaction pour la sauver.*

*Grâce à mon statut particulier : « Guillon est ingérable, une vraie tête de cochon ! », j'ai pu, avec un plaisir non dissimulé, vider un peu plus la salle du spectacle de Jean-Michel Ribes. Évidemment, vous pouvez me suspecter de régler mes comptes à l'antenne*[1] *et, en même temps, les quelques personnes à qui j'ai évité une soirée mortelle, suivie d'une mise en fourrière inévitable dans ce quartier des Champs-Élysées, peuvent me remercier !*

Judith, vous jouez dans *Dieu est un steward de bonne composition.* Petite précision, dans le jargon de l'aviation, steward se dit « hôtesse à couilles ». « Dieu est une hôtesse à couilles, ça sonne mieux. » (Enfin là, c'est sur un bateau). Vous êtes née à Moutiers-en-Mer. Quand ? Mystère. À quinze ans, vous décidez de ne plus savoir votre âge. Secret bien gardé : j'ai appelé le Musée de l'Homme, ils refusent de répondre. Vous n'avez pas d'enfants, vous détestez les voyages, la vie réelle, faire les courses… Depuis trente ans, vous vivez dans le sixième, votre seule passion : le théâtre ! « Je suis en état de disponibilité complète. » Tu m'étonnes ! « C'est pour ça qu'on m'appelle. » Toujours sur le pont, la Judith : une pièce se monte, un rôle se libère, elle arrive ! C'est pratique ! C'est comme nous quand on n'a pas d'invité, on appelle Paul-Loup Sulitzer. Enfin, on l'appelait. Là, même pour trois quarts d'heure, les assurances ne marchent plus.

La disponibilité, c'est magnifique. La pièce d'Yves Ravey : *Dieu est un steward…* personne ne voulait la jouer, Judith a dit « oui » ! Y a un côté mère Teresa du théâtre chez elle, qu'est super beau. Les spectateurs s'en vont, les strapontins claquent, Judith reste, souriante, disponible ! En plus, elle a des chats, ça se nour-

1. Voir papier sur Jean-Michel Ribes.

rit tout seul, pas besoin de rentrer tôt. Jean-Michel Ribes, le metteur en scène, lui aussi, est disponible... Pas tout le temps, quand Ravey lui a lu son texte, il a dû s'absenter : directeur d'un théâtre, t'es aussi responsable de la cafétéria. Si la pièce est moyenne, faut que le céleri rémoulade soit impeccable, minimum ! En même temps, le boulot d'un steward... Même s'il s'ennuie, même si l'avion pique du nez, c'est la disponibilité. Il est responsable de ses passagers. *(Très efféminé.)* « On va atterrir en pleine mer, pas de panique, c'est normal, je vous sers un café ? » La pièce de Ravey, personne ne la comprend, Judith non plus, elle reste disponible : sourire d'hôtesse de l'air, tout va bien ! Elle pense à autre chose : son chèque, est-ce qu'elle a payé son tiers ? Si elle voit Jean-Michel dans la salle, elle l'interpelle : « Dis donc, le céleri rémoulade, il est comment ? »

En tout cas, le public doit la soutenir, l'applaudir, revenir le lendemain. Parfaitement ! Y'a aucune raison de laisser Judith seule au Théâtre du Rond-Point actuellement. Soyons disponibles, elle l'a tant été pour nous, dans des rôles magnifiques. Faut être présent ! Judith traverse une impasse... Au Rond-Point, ça peut arriver. Y'a deux acteurs magnifiques : Aumont et Brasseur, qui retrouveront du travail. M. Ravey... M. Ravey peut espérer un emploi à la librairie du théâtre, coller des étiquettes. S'il est dirigé par M. Ribes, aucun livre n'aura la bonne, c'est un risque ! À bientôt, Judith !

## NELSON MONFORT

Nelson Monfort : diction légendaire, phrasé impeccable, véritable mitraillette verbale : fantastique machine à postillonner ! Certains athlètes préfèrent ne pas gagner plutôt que de passer entre vos mains. Ça, et faire pipi dans un tube : les deux corvées d'après course. Beaucoup se protègent d'un drapeau, d'autres continuent à courir. On appelle ça pudiquement le tour d'honneur : en vérité, ils essayent d'échapper à Monfort. Les athlètes sont nerveux, jamais autant de faux départs qu'à Athènes, ne pas arriver premier c'est la consigne, ne pas arriver dernier non plus : une vraie contre-performance, Nelson t'interviewe aussi. Là, t'as le droit aux postillons sans la médaille, tu te fais chambrer ! En Grèce, en plus, la nourriture est relevée, t'as couru un 400 mètres, tu te prends un morceau de feta dans l'œil, merci ! Très peu de médailles donc chez nos coureurs, faut les comprendre. Beaucoup plus en natation... Tu sors de l'eau, t'es trempé, t'accepte plus volontiers la douche. Peu à peu, les athlètes réagissent, à Athènes plusieurs javelots dévièrent de leurs trajectoires : celui qui chope Monfort a sa statue à vie, à côté de Pierre de Coubertin, le socle est prêt.

Le problème, c'est qu'à la maison, Nelson parle à sa femme Dominique comme il interviewe ses athlètes. Après l'amour... T'as l'impression d'être en finale de Roland-Garros. *(Imitation Monfort.)* « Dominique, it was wonderful ! Comment tu m'as pris, incroyable, unbelievable ! Je n'ai jamais autant joui en vingt ans de mariage ! In a twenty years of wedding ! Ce coup de reins exceptionnel... It was amazing ! Such a good fuck ! Certainement un des plus beaux du circuit ! Comment, et c'est la question que se posent les auditeurs de France 3... The audience of France Three... Comment réussis-tu à m'emmener systématiquement au septième ciel, in the seven floor, dear Dominique ? »

Mme Thierry Rolland a le même problème… Sauf que là, c'est pas une finale de Roland-Garros, c'est un tournoi senior. *(Imitation Thierry Rolland :)* « Hou, là, là, là, Jean-Michel… Je n'arrive plus à durcir. L'injection de Viagra a été totalement inefficace. C'est absolument ridicule à ce niveau de compétition, cette zigounette qui ballote entre mes cuisses. Je vous rends l'antenne à défaut d'en avoir une. Ici ma chambre, à vous les studios ! »

Tous les commentateurs, c'est la même chose : Stéphane Bern : « Bonsoir, ce soir, je vais revisiter ton corps ! Cette bâtisse construite au XVIIe siècle ! » Cher Nelson, merci pour vos interviews brillantes, enflammées… Légèrement mouillées. Pourvu que le contrôle antidopage ne vous soit jamais appliqué, vous seriez sacrément positif !

## FLORENT PAGNY

*À l'époque, la plupart des humoristes se farcissaient Pagny sur le mode : « Oh, le salaud qui n'aime pas payer ses impôts ! » Normal ! Faut dire aussi que Pagny n'est pas malin malin… Quand on est artiste, être politiquement correct, c'est pas sorcier ! Je vous donne la recette. Face caméra (la larme à l'œil c'est mieux), dites que vous avez eu la chance de réussir, que payer des impôts c'est aider les autres et qu'en conséquence, vous êtes heureux de pouvoir le faire. Une fois démaquillé, direction Monaco, où vous vous ferez régler votre gala en liquide. (J'ai dit Monaco par hasard.)*

Je ne comprends pas, Florent, vos rapports avec le fisc. Moi, j'adore payer des impôts. Ah oui ! C'est une véritable passion, le premier tiers, le deuxième, la taxe d'habitation, la foncière… Chaque année, j'attends ça avec impatience ! Quand ils ont supprimé la vignette auto, j'ai eu du mal à m'en remettre. L'argent allait aux vieux, structure, accueil… Lors de la canicule 2003, on l'a constaté ! Au resto, j'adore payer la TVA, c'est ce que je préfère ! Je prends une entrée, un plat et j'arrête. Avec l'argent de la TVA, je pourrais me payer deux desserts, j'adore ! J'aimerais être ponctionné plus : 110 % ! Quand j'ai été bien prélevé, je rajoute toujours un petit quelque chose, 100, 150 euros : les étrennes du percepteur. Il devrait faire du porte-à-porte pour les fêtes, on les aime tellement !

Je ne vous comprends pas, Florent. Ils sont si gentils à la trésorerie quand t'apportes ton chèque, l'accueil, le sourire : « Comment ça va, monsieur Guillon, vous avez fait une belle année ? Pas trop fatigué, bravo et merci, merci ! Je vous fais la bise. » Tu laisses un chèque, tu sens que tu fais plaisir ! Et puis, quand tu ne peux pas payer, une année un peu difficile, la compréhension, l'humanité : « Asseyez-vous, on va en discuter, vous voulez boire quelque chose ? »

Je comprends, Florent, que tant d'humoristes, chroniqueurs de tout poil, vous soient tombés dessus, on n'attaque pas une institution aussi populaire que les impôts. Chez M. Paul, mon voisin, qui ne pouvait pas payer son tiers, ils sont arrivés chez lui, la veille de Noël, ils ont tout emporté, tout, tout ! *(Un temps.)* Caisses, diable, monte-charge… Deux heures après l'appart était vide. Avec l'argent, ils ont financé un rond-point en

Bretagne avec une mouette. Depuis, il s'est suicidé, on se bat pour qu'il y ait son nom sur la mouette.

Je comprends qu'on vous traite d'« enculé » Florent… Moi et mes camarades humoristes, nous sommes d'une honnêteté… Quand je fais un gala payé, en liquide, le lendemain, je me précipite à la trésorerie : « Tenez : c'est pour vous. Pardon d'avoir tardé ! Je vous fais la bise ! » J'ai toujours déclaré mes téléviseurs, même mon Radiola pourri planqué dans un chalet d'alpage. Je suis bien-pensant : la guerre c'est moche, la paix c'est beau, pas payer ses impôts c'est caca. Je vote à gauche : je suis artiste, je lis *Libé*, même si ça m'emmerde et, le dimanche soir, je suis toujours du côté de Fogiel. Quand une personnalité est montrée du doigt, je hurle avec la meute. Je fais partie des gens qui ont massacré Bérégovoy, Virenque et Marie-Jo Perec. Je me fiche qu'elle ait été championne du monde à deux reprises, sa défaillance à Sidney est inadmissible.

Non, je ne vous fais pas la bise ! On pourrait aussi, c'est moins jouissif… s'intéresser au musicien Pagny, relire certains titres : « Savoir aimer, rester vrai », puis fuir « Châtelet-Les Halles », s'offrir une « Récréation », mettre les voiles, destination « Ailleurs Land », seize heures d'avion… Comme le garçon n'est pas rancunier, on sera certainement « Bienvenu chez lui ».

*Par pur esprit de contradiction, ce soir-là, j'ai pris la défense de Pagny… Quelques semaines plus tard, lors d'un dîner France-Inter, Bruno Masure me tombe dessus : « Ton papier sur Pagny est scandaleux, poujadiste, on se serait cru dans une émission de Jean-Pierre Pernaut, quand il dénonce le prix d'un rond-point. » Depuis, Pagny a gagné son procès contre le fisc... Et plus jamais personne ne m'a comparé à Jean-Pierre. Pernaut. Ça me manque !*

## NADINE DE ROTHSCHILD

*Ah, Nadine, Nadine ! Mme la Baronne fut ma toute première victime. Fin août 2003, nous enregistrions le pilote de l'émission, la toute première de « 20 h 10 pétantes ! ». Et pour moi, c'était une sorte d'audition, il fallait faire mes preuves, prouver à Canal + que j'étais légitime. Alors, bien sûr, j'ai un peu chargé la mule, j'ai fait du zèle... J'ai pilonné Mme la baronne. Nadine le prit très mal, ambiance électrique sur le plateau. La production était partagée... D'un côté, on me fit savoir que j'avais dépassé les bornes... De l'autre, on se frottait les mains : « Avec ce garçon, il va y avoir du spectacle ! » Par la suite, j'appris à décoder les directives de la production. Lorsqu'on me disait : « Pas un mot sur l'affaire Jarre-Adjani ! », le sous-entendu était : « Vas-y quand même, ça va mettre de l'ambiance ! »*

Notre invité du jour nous prouve que la « France d'en bas peut à tout moment rejoindre la France d'en haut ». Avant de s'appeler Rothschild, d'être étiquetée comme une bouteille de pinard, Nadine s'est appelée Lhopitalier. Ça sonne comme « hôpital », un vrai cadeau de la vie ! Née de père inconnu, Nana, diminutif de Nadine, mais aussi célèbre marque de serviettes hygiéniques, grandie à Puteaux. À quatorze ans, Nadine quitte école et famille pour entrer chez Peugeot. Elle confectionne des housses. Avant de détrousser des banquiers, Nadine a houssé des fauteuils. Elle devient ensuite modèle chez un peintre. Cette spécialiste de la housse s'est-elle fait trousser ? Joker !

Starlette des années 50, Nadine Lhopitalier coupe son nom en deux et devient Nadine Talier… Ça valait le coup de s'emmerder ! Imaginez que demain Stéphane Bern s'appelle Stéphane Be (prononcer beuh), bien des vaches se réjouiraient. Dans les années 60, Nadine devient doublure de Brigitte Bardot, un boulot qui laisse des traces : quarante ans plus tard, la baronne est contre les trente-cinq heures, la mixité des écoles et l'adoption d'enfants par des gays. La baronne serait-elle devenue doublure cerveau de Brigitte Bardot ?

Le 20 janvier 60, Nadine rencontre enfin Roth, diminutif élégant de Rothschild. Fin de ses découverts à la banque ; dorénavant, c'est son banquier qui la couvre. Petit bémol à cette idylle : quand Nana croise Roth, il n'a que trente-quatre ans. Si vous épousez un riche, épousez-le mûr, blet. Est-ce qu'il a des varices ? Est-ce qu'il est chauve ? Est-ce qu'il bande mou ? C'est comme choisir un melon, quand la queue se détache, c'est bon signe. Actuellement, sur le marché, nous avons Eddy Barclay de nouveau libre. Si ça vous intéresse, écrivez-nous, on fera suivre. Vous pouvez également envoyer vos lettres à Natty Belmondo, fondation « J'ai épousé un vieux ! ».

Cela dit, le très riche reste intéressant, on peut toujours l'empoisonner ou lui broder des pantoufles, ce qu'a fait la baronne pendant trente-sept ans. Au bout de la trois centième paire brodée, la victime se couche et se laisse crever ! C'est tout pour aujourd'hui, madame la baronne, j'espère que ce petit compliment vous a plu ? C'est mon métier : accueillir l'invité, le choyer, qu'il se sente à l'aise. Question de savoir-vivre, vous en connaissez un rayon ! Mes hommages.

*Pour cette première émission, à titre expérimental, la production a souhaité que je reste en plateau après mon papier, afin que l'invité réagisse, une sorte de droit de réponse. J'étais rigoureusement contre : je pense que mon travail est un exercice de style ; à la manière d'un caricaturiste, je grossis le trait pour provoquer le rire, ou la désapprobation. Je n'ai pas à m'expliquer, à justifier telle attaque ou telle plaisanterie. J'ai parfois eu de la peine pour Guy Carlier forcé sur le plateau de Marc-Olivier Fogiel de discuter, d'argumenter, voire de se défendre. Ce n'est pas ce qu'on lui demande, ce n'est pas pour cela qu'on l'aime.*

*Ceci étant dit, un an plus tard, à ma grande surprise, Mme la baronne accepte de refaire l'émission. Je m'en étonne auprès de la production qui me rassure immédiatement : « Si, si, elle vient présenter son livre ! » Exceptionnellement, mon texte est passé au crible et j'accepte, bon gré mal gré, quelques coupes (d'où le format très court du texte qui suit). Avant l'émission, je croise Nadine dans les couloirs. M'apercevant, elle s'écrie : « Ah, non, pas lui ! » Peut-être lui avait-on vendu une émission sans moi ? Il a fallu toute la diplomatie de notre producteur pour la retenir. La trouille au ventre, marchant sur des œufs, je fis ce deuxième portrait. Moins frontal que la première fois, peut-être plus subtil ? On progresse. Mme la baronne s'amusa et applaudit à la fin.*

Madame la baronne, en août 2003, lors d'une émission test pour « 20 h 10 pétantes », j'avais fait votre portrait. Folle de joie, après ma prestation, vous m'aviez dit : « Monsieur Guillon, je passerai à la postérité avant que vous soyez célèbre. » Trois cents émissions plus tard, je suis heureux, madame la baronne, que vous ne soyez pas morte ! Vous êtes ma première fan, ma marraine en saloperie, ma muse, j'ai perdu mon pucelage grâce à vous, merci ! Alors, j'ai relu des bouts de mon papier originel… Pour comprendre votre enthousiasme. « À quatorze ans, Nadine confectionne des housses chez Peugeot. Avant de détrousser des banquiers, Nadine a houssé des fauteuils. » Jusque-là, ça va, c'est gentillet. « Le 20 janvier 60, Nadine rencontre Roth, diminutif élégant de Rothschild. Fin de ses découverts à la banque, désormais c'est son banquier qui la couvre. » Ça, aujourd'hui, je ne le dirais plus ! En tout cas, une fois suffit. Je n'irais pas, un an plus tard, le redire sur une antenne : soyons classe ! C'était un papier hyper gentil, celui d'aujourd'hui est pire… En même temps, vous revenez, on s'attache à son bourreau !

Madame la baronne, vous avez dit : « Si mon mari me demandait de ne plus écrire, je lui obéirais dans l'instant. » Malheureusement, votre mari n'est plus… Et vous continuez à écrire. *Megève, un roman d'amour*, la suite de l'excellent *Quiberon, côté cœur*. En couverture, un ours polaire… Pardon, excusez-moi, c'est vous avec une toque, je ne vous avais pas reconnue, je suis désolé. Alors, c'est un bouquin très dur sur une des cités les plus chaudes de Haute-Savoie : « Megève, la rouge ». Vous décrivez des choses atroces : agression au tire-fesses, la comtesse Untel se fait piétiner ses spatules. Également une tournante dans un chalet savoyard, chacun trempe son croûton dans un plat d'emmental fondu. Un bouquin qui fera réfléchir Farid, Momo et Dédé, résidents du Val-Fourré, autre très belle station de ski. Vous revenez de l'enfer et, malgré tout, vous souriez sur la couverture : vous venez d'échapper à deux chasseurs d'ours… Sourire de soulagement. En tout cas, un grand livre. C'est ma deuxième émotion littéraire après le très beau *Miette* de Loana. Il y a de tout : des recettes, celle de la queue de bœuf, spécialité de Monique. Deux qui la tiennent… Trois qui coupent la queue du bœuf. Du suspense, page 103 : « Avez-vous appris la nouvelle ? – Sacha Distel est mort. – Pas possible, il y a trois mois, j'ai passé plusieurs heures avec lui. » (À mon avis, c'est ça qui l'a tué !) De l'humour : « Je suis prise d'un fou rire, je revois Edmond en pyjama, me chantant "My Way" avec sa brosse à dents. » Bah, voilà, quand je lis ça, je me dis : « Stéphane, faut encore que tu bosses ! Tu n'es pas près de faire marrer une baronne ! » Mes hommages.

## KOOL SHEN

(*Ex-comparse de Joey Starr, groupe* N.T.M.)

*Kool Shen est un garçon beaucoup plus avenant que Joey Starr. Même si la réputation sulfureuse de son groupe le précède, face à lui, on est beaucoup plus détendu. Ce qui ne gâche rien.*

Amis mélomanes, bienvenu à ce dix-septième numéro de « Musique au cœur ». Ensemble, nous allons essayer de comprendre comment un duo de musique classique, comme *(hésite à dire le vrai nom)* Nique ta, nique ta… Fais l'amour à ta maman, comment un tel duo a pu se séparer ? J'en profite pour vous signaler la présence de notre trio de violoncellistes : Sodomise ton père, jeudi, salle Gaveau. Bourre ta sœur assurera, pour sa part, la première partie.

Pour comprendre cette rupture, remontons à l'enfance des protagonistes, le maestro Bruno Lopes, ici présent, alias Kool Shen, pour les nombreux disques que vous vendez en Asie… Maître, bonjour ! Et le virtuose Joey l'Étoile, retenu exceptionnellement pour un concert de six mois à Fleury-Mérogis. Alors, honneur aux absents, attachons-nous à l'enfance du petit Joey, accueilli dès quatre ans au conservatoire de musique, section Clavecin. Joey nous a cassé quelques très belles pièces du XVII^e^, mais Mlle Richard, son professeur, qui a eu plusieurs fois la cloison nasale détruite, y croyait. Joey, de son vrai nom : Didier Morville, la grande famille des Morville, propriétaire terrien dans le 9.3., des baraquements somptueux avec vue sur le périphérique, terrasse éclairée jour et nuit grâce à une pub Canon accrochée au-dessus de leur tête. Impossible de dormir… Du coup, Joey potassait son solfège, comment devient-on une légende du clavecin ? En revanche, le petit Lopes, accueilli à la section Harpe… – le Portugais est manuel, donc c'est Harpe ou Ravalement de façade –… le petit Lopes, surnommé affectueusement Lopette…, était extrêmement gentil. Combien de fois s'est-il fait dérouiller alors qu'il rentrait avec sa harpe sur le dos Plaine-Saint-Denis ?

Alors, pourquoi ce couple s'est-il séparé ? Des premiers disques où le clavecin et la harpe ne sont pas totalement présents, c'est vrai ! Des paroles écrites à l'envers et une chorégraphie… *(faire des doigts)*. Parfois dédié aux forces de l'ordre. Ce qu'on appelle la musique de chambre. Gros succès populaire, Joey devient un vrai petit homme : une vie sexuelle équilibrée avec la tragédienne Béatrice Dalle. Une grosse peur de l'avion et là, parfois, Joey confond les hôtesses avec son clavecin. Un animal de compagnie qui l'a énormément équilibré : Piranhas… son pit-bull, plus un singe, adopté avec Miss Dalle. Ce n'est pas leur fils bien que le petit se tire toute la journée sur la clarinette. Il a… (*rire*) ce qu'on appelle le chibre musicien. Une force de travail phénoménale, Joey se lève à 6 heures du soir, roule un bédo, puis se recouche dans l'instant. Deux textes écrits en dix ans : « Fuck the police », puis « Fuck the police, two. » Comment… Et c'est la question des fans de « Musique au cœur », comment, maître Lopes… je le rappelle : Portugais harpiste, on rappe la corde, un métier ancestral… comment avez-vous pu mettre fin à une telle collaboration ? Merci.

# LES DIVERS ET VARIES

## CLEMENTINE AUTAIN

Aujourd'hui, nous recevons Clémentine Autain, féministe… Ça se soigne très bien maintenant. Ah oui ! Deux baffes : « Tu fais la vaisselle ! » Au bout de trois jours, ça se tasse. C'est comme un chiot : d'entrée, tu lui mords l'oreille, qu'il comprenne qui commande. Féministe, communiste, ajointe au maire… Début janvier, on reçoit toujours un comique : faut rester dans une ambiance festive !

Féministe endurcie : Clémentine ne supporte pas la domination symbolique, que sa collaboratrice aille lui chercher un café. Clinton, c'était pareil. *(S'adresser à quelqu'un sous la table :)* « Monica, finissez ce que vous faites, vous irez me chercher un café plus tard ! […] Une pipe au café, je veux bien essayer. » Pour Clémentine, avoir un grand bureau fut très difficile, ses collaborateurs en partageaient un tout petit. Clinton surélevait le sien avec des cales… Pouvoir téléphoner en même temps, passer un fax, avoir ses aises. C'est très courant : dans n'importe quel magasin de bureaux, vous demandez un « Clinton », ils comprennent tout de suite. (Ou le « Mathy », le « Mimie Mathy », on scie les pieds.)

Pour Clémentine, le féminisme est un combat quotidien : 25 % d'écart de salaire entre un homme et une femme. 80 % des tâches ménagères incombent à madame. Elles gagnent moins, mais y'a des compensations : éplucher les carottes, passer l'aspiro. Deux millions de femmes battues… Ça, c'est nos 20 % de tâches ménagères à nous : « T'as pas racheté de bière, et bang ! »

Le féminisme, des revendications simples : « Qu'on arrête de dire dans un dictionnaire pour enfants : "Le président prend un bain de foule, Jeanne : un bain de soleil." » Entièrement d'accord : si Jeanne a briqué la maison, fait les courses, torché les gosses, elle peut lézarder au soleil, soyons modernes ! Vous êtes pour la parité des tâches ménagères : « Je lave une fourchette, tu fais l'autre ! » Première expérience de couple à vingt et un ans. À la troisième fourchette, le gars s'est barré, on le comprend. « Les mecs ont le droit de dire qu'ils n'aiment pas le foot et la bière, qu'ils n'ont pas envie de dominer. » Si tu bois de la bière en regardant le foot et que tu niques en même temps : « Baisse la tête, chérie, je vais rater le penalty ! », tu n'as aucune chance d'éplucher Clémentine.

*(Ouvrir un magazine.)* Attendez, excusez-moi, dans *VSD*, vous dites : « Au quotidien, je ne suis pas chiante, j'ai même de l'humour. » Ah ! Tout ça, c'était de l'humour, la parité, l'égalité des salaires, la taille du bureau… Allez me chercher une bière, Clémentine *(claquer des doigts)*, je passe l'éponge. La prochaine fois, c'est deux baffes ! On vous invite avec deux mecs, on fait un effort, soyez contente !

# JEAN - MARC BARR

Barr est né à *Bit*burg en Allemagne et Labite, joueur de rugby, à Condom dans le Gers près de la Baïse. C'est une intro comme une autre, j'ai pas voulu placer la barre trop haut. Père américain, mère française, élevé par une nourrice allemande, une grosse blonde à forte poitrine. Pensez à donner son téléphone à Élie Semoun. Éducation catho, vous avez failli être prêtre. Une histoire sexuelle vous fait rompre avec l'Église. Mes enfants n'ont pas envie de se convertir, tant mieux ! Ils ont aperçu le pape à Pâques, ils se sont carapatés sous le canapé. Trois ans, c'est petit pour voir *Elephant Man*[1]. Adolescence à San Diego, beau, bronzé et musclé, sex-symbol pour jeunes filles pubères : « Ken fait du surf. » Depuis, ça s'est calmé, vous êtes chauve. Vous restez gracile, gros et chauve... À part devenir imitateur de Jean-Pierre Coffe, peu de débouchés.

En 88, grâce au *Grand Bleu*, l'histoire d'un Barr qui nage parmi des dauphins, votre carrière démarre. À ce propos, Anne Brochet vient cette semaine, on aurait pu faire une spéciale poissons... C'est bête ! Bar : animal marin très vorace, nous dit le Larousse. Vous confirmez : en 94, année érotique chez le Barr, vous déclariez vous masturber trois fois par jour, « Quand la main droite est fatiguée, je passe à la gauche ! ». C'est énorme, comme dirait Luchini ! D'où l'expression « avoir la barre ». Après, les années passent, on la maintient, on la redresse. En cas de vraie défaillance, pensez à la phrase

1. Papier écrit juste avant le décès du Saint-Père.

magique : « Désolé, chérie, j'ai un coup de barre ! » Papier assez mal barré en somme. Sur *Le Grand Bleu*, vous avez failli vous noyer deux fois. Pendant des mois, vous descendiez à 40 mètres sous l'eau. Je rappelle que, pour battre le record de Jacques Mayol, il faut remonter à la surface. Après le tsunami, on a reçu un très nombreux courrier : « Mon mari est resté trois jours sous l'eau, pouvez-vous homologuer ce record ? » NON !

Aujourd'hui, après *Le Grand Bleu*, vous nous proposez *Crustacés et coquillages*. On remonte à la surface. Film où vous campez un plombier homosexuel. Le Barr peut être cuit à la vapeur, c'est très bon ! Des plombiers homos, ENFIN ! Marre, lorsqu'on partait travailler, que ce soit toujours Madame qui profite du dépannage. Nous aussi, lorsqu'on nous dira : « Il veut pas se baisser, le p'tit monsieur, voir si ça marche quand j'actionne mon robinet ? » Baissons-nous, fermons les yeux et pensons avec délices à *Crustacés et coquillages*. C'est le fameux poisson torpille, l'espadon qui ne pense qu'à « pécho » du poisson-lune. Bon, le bar est fermé, merci !

## BENJAMIN BIOLAY

Pour ceux qui ne connaissent pas l'univers de Biolay… comment vous dire ? C'est de la chanson populaire, paillarde, ça se situe entre « Tata Yoyo » et « La danse des canards ». Biolay, c'est notre Carlos actuel, on le verrait bien en caleçon à fleurs en train de chanter : « Oasis, Oasis, oh ! Oasis, Oasis, ah ! » Pour vous donner une idée, dans un mariage, ou une communion, on met « Le petit bonhomme en mousse » et, tout de suite derrière, du Biolay. On fait la chenille, on met un tapis et on se roule des patins. *(Un temps.)* C'est pas Vincent Delerm. Ah non ! Faut pas exagérer, c'est pas aussi festif ! Delerm, c'est la grosse déconnade. Pour une crémation, c'est idéal. On a le choix : « Kensington Square » ou « De Nantes à Montaigu, la digue, la digue, de Nantes à Montaigu, la digue du cul ! ». Mon grand-père est parti là-dessus, c'était magnifique.

Benjamin, vous avez été un déconneur précoce. Naissance à Villefranche en 73. Enfance heureuse : « Les dimanches soir crépusculaires, l'odeur de la soupe en pavillon, la série Nagui. » On ne devient pas le Guy Montagné de la chanson sans une atmosphère de grosse déconne ! « De Nantes à Montaigu, la digue, la digue, de Nantes à Montaigu, la digue du cul ! » Père : clarinettiste amateur, grand-père : batteur sur le paquebot *France*. Vous, vous jouez du tuba… Sur le *Titanic*, ç'aurait été pratique. Marié à l'actrice comique Chiara Mastroianni. Belle-mère : Catherine Deneuve, quand vous lui offrez un disque, vous le retrouvez trois semaines plus tard dans un dépôt-vente, c'est vexant ! Conservatoire de Lyon, vous apprenez le trombone. Y a aussi l'agrafeuse… *(En jouer.)* Ça amusera mon fils, Canal est la chaîne de tous.

Vous êtes à l'origine du come-back d'Henri Salvador : « Le jardin d'hiver ». C'était juste après la canicule. Toujours très émouvant de les voir s'agiter. Vous vous êtes ensuite embrouillé avec le vieux, un petit coup sur la nuque : terminé ! On va pas se laisser emmerder ! Une collaboration avec Isabelle Boulay, que vous assumez : « Arrêtons le sectarisme envers des francophones qui utiliseraient cinq cents mots de vocabulaire. » Isabelle, c'est deux cent cinquante, vous l'avez un peu sublimée.

On vous compare souvent à Gainsbourg. J'avais un pote qu'avait fait une radio des poumons, même chose : le médecin avait dit : « Oh ! Gainsbourg ! » Il est ressorti lessivé. Aujourd'hui, vous êtes encore un sacré boute-en-train, promenade favorite : le Père-Lachaise, « Y a mon copain qu'avait été comparé à Gainsbourg ». Un caractère égal, docile : « Quand j'écris, je peux devenir cinglé sous prétexte que j'ai employé le même mot ailleurs. » Joe Dassin qui, dans une chanson, avait écrit quinze fois : « Tagada, tagada, voilà les Dalton ! » ne vous aurait pas supporté. En bref, un CV très sympathique, qui ressemble à s'y méprendre à celui de Fernandel. Essayez de trouver votre style. À bientôt, Biolay.

*Évidemment, Catherine Deneuve eut vent de mon histoire de dépôt-vente. Comme je n'avais pas pu faire son portrait à Cannes, j'avais à cœur de me rattraper. Toujours plus difficile de se fâcher avec les gens à distance, il faut redoubler d'imagination. Bref, lors d'un dîner chez Jean-Louis Remilleux au château de Groussay où Mlle Catherine était présente, un simple regard et je compris qu'il était plus prudent de faire un détour pour aller pécho un petit-four.*

## ANNE BROCHET

Alors, j'ai lu le livre d'Anne Brochet. C'est le premier que je lis en deux ans d'émission ! Y'a une moyenne de trois lignes par page, donc je me suis dit : « Vas-y, fais l'effort ! » Le reste, ce sont des photos : y'a un lit, une table, des WC. Au départ, j'ai cru que c'était le catalogue Ikea, on m'a dit : « Non, c'est le bouquin de Brochet ! »

Alors, ça démarre page 9, vous achetez des cigarettes : y a la photo du tabac. À mon avis, ça va cartonner en Belgique : tout est très compréhensible, pas de piège. Page suivante, vous buvez un Coca. « Je ne le finis pas, j'ai pas soif ! » Donc, sans commander de Coca, on aurait gagné trois pages ! Page 13, vous rencontrez un homme, il vous plaît, vous l'invitez au théâtre. Page 15, vous l'invitez à boire un verre… Là, on se dit : « De nouveau un Coca qu'elle ne va pas boire, on pourrait gagner un chapitre ! »

Page 19, vous l'invitez à dîner, vous lui dites : « Je fais des mots fléchés. » Et lui, il reste, il ne se barre pas ! Là, on se dit, il est sacrément mordu ! Page 29… J'ai sauté dix pages… Y a la photo d'un trottoir et d'un banc… Vous vous arrêtez à la banque : photo du distributeur. C'est votre banque, une Société générale. Page 31, on apprend que votre homme a des petits pieds et la photo, c'est une vitrine avec des soutifs ! Là, on va avoir beaucoup d'appels de la Belgique ! Page 33 : « J'ai une soif subite, j'achète une bouteille d'eau. » On ne sait pas si vous la buvez ou pas ? Pourtant, y avait la place de le marquer. *(Montrer la page blanche.)* On peut s'en servir comme agenda, noter des courses, faire un herbier, le printemps arrive !

Page 41 : « Je suis la femme la plus heureuse du monde. Il faut que je rentre chez moi, j'ai soif. » Là, on ne sait pas si c'est de l'eau, du Coca ? Je pencherais plutôt pour du pinard… Vu que vous ne finissez aucune page ! Page 45, l'homme sonne chez vous, vous descendez le chercher. Page 47, vous poussez une première porte d'immeuble. 49 : une deuxième. Si vous souhaitez écrire un bouquin de trois cents pages, ayez trois cents portes. Page 51, on arrive à l'ascenseur, photo de l'ascenseur, vous appuyez sur le trois. Donc, Anne Brochet est à la Société générale et habite au troisième. Arrivée à la porte d'entrée. Page 55, vous vous enlacez, enfin, un peu d'action ! Pourvu qu'Anne n'ait pas envie de boire un Coca ! Page 57, il vous embrasse. On se dit : page 59, il va y avoir pénétration, avec la photo d'un membre, la Belgique est en haleine. Page 59 : l'homme DORT ! Que s'est-il passé ? Anne a-t-elle eu envie d'un Coca ? Le temps d'aller à la cuisine, le type s'endort bottes aux pieds : trois portes à franchir, c'est épuisant. Il manque la photo des bottes, la Belgique va hurler !

La suite, je ne vous la dévoile pas, pourquoi « X » s'est-il endormi ? Veut-il échapper à Anne, fan de mots fléchés et qui finit pas ses Cocas ? Un suspense terrible ! Notamment la photo de la porte d'entrée d'Anne, mais cette fois-ci ouverte ! À bientôt !

## GUILLAUME DURAND

Guillaume, le côté élitiste de « Campus », STOP ! Des déclarations style : « J'utilise très peu d'invités people, ils vont directement chez Fogiel », ça suffit ! L'année dernière, les plus beaux livres de la saison, on ne les a pas vus : *Le Bal des faux culs* de Morandini, *Miette* de

Loana, les Mémoires de Greg le Millionnaire : 175 pages, 30 lignes par page, une connerie par ligne. Le bouquin de Jean-Michel Ribes, *Sursauts, brindilles et pétards*. Pour l'apprécier, commencer par le pétard ! Le très beau *Des femmes* de Philippe Bouvard. Écrire est une fonction organique, dit-il… On souhaiterait qu'il soit constipé plus souvent ! Tous ces chefs-d'œuvre, Guillaume, vous nous en privez !

Cette année, à nouveau, on a des perles, des bijoux, et M. Durand, fils de marchand de tableaux, fait sa diva ! Alors, je vais faire votre boulot, tant pis ! J'ai fait un petit choix avec mon cœur, je cherche, je fais les marchés… Et puis, tout d'un coup, sous une pile de vieux papiers, on découvre un auteur, un vrai… Un Bernard Montiel. Je commence par un très bel essai, aux éditions Michel Lafon… le frère de Jacob. Jacob est dans les sanitaires, Michel dans le papier… Élodie Gossuin, *Mes rêves, mes passions, mes espoirs. (Montrer le livre.)* Comment Miss Camping est devenue Miss Languedoc. En 245 pages. M. Durand, visiblement, s'en tamponne ! On reste dans les Miss avec Vincent Mc Doom : *L'homme que je suis*. Coécrit avec Amanda Lear ? On ne sait pas. Je vous lis le résumé : « Violé par son oncle, la mode sauvera Vincent, car il a des robes plein la tête, il les coud et les porte. » Tant qu'il n'en fait pas profiter les autres, ça va ! Dans le même genre, Cynthia Sardou et Catherine Allégret… Abusées elles aussi, peut-être une collection à lancer ?

Je garde le meilleur pour la fin, petit bijou littéraire du mois : *Tsunami… 26 décembre 2004… 9 h 58*. De Natacha Amal et Claude Rappe. Aucune chance de le voir à « Campus » et c'est une honte ! Un tsunami aux éditions du Rocher… Gardons le sens de l'humour. *(Rire bête.)* Natacha Amal qui ne s'est pas blessée… *(Rire bête.)* Oui, tout le livre est de cette facture. Natacha et son mari, qu'elle appelle « Minou » dans l'intimité, boivent du champagne à 9 h 58… *(geste qu'ils sont bourrés)* à Phi Phi Island, lorsque le drame survient. Dans la réalité, ils s'en sortent ; dans le roman, Claude qui, physiquement, ressemble à Kent sous cortisone se noie, histoire qu'il y ait du piquant ! Tous les droits seront reversés aux pêcheurs de Thaïlande, qui, pour l'instant, refusent. Ils ont vu la jaquette, ils préfèrent ne pas avoir de bateau. Je signale, puisqu'elle le fait quand elle présente son ouvrage… il n'y a pas de petit profit… que Natacha est en tournée avec le sémillant Bernard Tapie.

Une pensée émue à Jean-Edern, qui avait pour ce genre de livre un geste expressif, ô combien salutaire. *(Faire semblant de balancer le livre.)* Ça mettait tout le monde d'accord. Guillaume, faites votre taf', merci.

## CECILE DE FRANCE ET AXELLE RED

Émission sur la Belgique aujourd'hui… Ah ! on est obligés, une fois par an… On vient d'entamer une quinzaine pied-noir avec Enrico Macias et Liane Foly. On est obligés, histoire de quotas. En même temps, on convie une artiste belge qui s'appelle Cécile de France… Ça fait passer la pilule. Là-bas, tu t'appelles « de France », t'es le roi du pétrole. Ici, tu t'appelles « de Belgique », en cour de récré, tu morfles ! Le plus triste, c'est qu'ils ne verront jamais cette émission : Là-bas, « 20 h 10 » est diffusé à 18 h 40. Depuis un an, tous les soirs, à

20 h 10, la Belgique entière guette l'émission. Y a rien eu à faire ! Et quand, par hasard, ils tombent dessus à 18 h 40 : « 20 h 10, les enfants, allez vite vous coucher, demain y a école ! » Y a des émissions qu'ils suivent très bien : « Télématin », « Rêve d'un jour », « Vivement dimanche ». Par contre, « Demain, le monde », ils la ratent toujours !

C'est bien, une émission sur la Belgique, on s'intéresse aux minorités… Ça ne fera pas d'audimat, c'est une opération blanche, caritative. C'est bien… Ça fait aussi plaisir qu'une boîte de Léonidas. Vous savez, quand on s'attend à des chocolats de chez Debauve et Gallais, on ouvre et c'est… des Léonidas. Dans ce cas-là, je les refile direct à la grand-mère, ça fait un cadeau en moins à acheter. Un peu comme Bern, quand, à Noël, il refile les disques des invités à ses neveux.

« Vous savez comment un Français se suicide ? Il tire une balle au-dessus de sa tête dans son complexe de supériorité. » Là-bas, ça fait beaucoup rire ! « Une femme française va chez son médecin. Docteur, mon mari se prend pour un réfrigérateur, ça m'empêche de dormir. – Ah, bon, pourquoi ? – Il dort la bouche ouverte et la lumière me gêne. » Ça les amuse, c'est un tout petit pays : 30 000 kilomètres carrés, la montagne la plus haute fait 694 mètres. Mimie Mathy va skier là-bas. « Un facteur remet une lettre à un Français en lui disant : "Voilà une lettre par avion. – Menteur, lui répond-il, je t'ai vu arriver en vélo !" » Ah ! ça c'est une histoire pour Éva, ma fille de trois ans. « Comment reconnaît-on un Français dans un aéroport ? C'est le seul qui donne des graines aux avions ! » Ça, ça la fait plus rire, elle est déjà très française pour son âge.

Bon, nos blagues belges ne sont pas beaucoup plus drôles. « Vous savez pourquoi les Belges courent à la fenêtre quand y a de l'orage ? Pour être sur la photo ! » C'est plus drôle. « Terrible accident d'hélico dans un cimetière belge, les sauveteurs ont déjà dégagé 500 corps. » C'est plus drôle ! Je vous rappelle que nous avons un Belge dans cette émission : Stéphane Custer, et un Luxembourgeois. « Qu'est-ce qu'un Belge ? Un Luxembourgeois qui a fait des études. » Décidément, le Français est irrésistible. À demain, 18 h 40… Je plaisante, une fois !

## GAROU

Garou, québécois, né à Sherbooke, une sœur gardienne d'immeuble, qui a la même voix… Autant vous dire que personne ne bronche ! Très bel organe, vous êtes un peu le Rocco Siffredi de la corde vocale, longue, souple, toujours prête à servir. Quelques saloperies dessus, vous avez chanté pour Luc Plamondon, fatalement on attrape des merdes. À dix-huit ans, vous faites des reprises de Joe Cocker et James Brown. Que des gens qui ont eu des cancers de la gorge, vous créez le Trachéotomie Band. Garou, une bio faite sur mesure, c'est l'école américaine, je vous la lis : « Adolescent, ce premier de la classe devient un rebelle insoupçonné ! » Premier de la classe qui devient rebelle insoupçonné, c'est rarissime ! « Garou est un optimiste convaincu… » Contrairement à l'optimiste dubitatif qui n'est pas sûr d'être optimiste. « Il s'engage dans l'armée, devient troubadour chantant l'amour et la paix. » Donc fayot, devenu rebelle insoupçonné puis militaire, mais comme c'est un optimiste, il chante l'amour et la paix !

En 2000, Garou signe un contrat solo pour un album intitulé : « Seul ». Deuxième album intitulé : « Reviens ». Celui qui trouve les titres, c'est celui qu'écrit la bio ? Prix de l'artiste québécois… *(un temps)* s'étant le plus illustré hors Québec. Pour être artiste québécois : faire sa carrière ailleurs. On en sait, malheureusement, quelque chose. Natacha Saint-Pier, Lara Fabian : chanteuse. Kavanagh, Courtemanche, Céline Dion : comique. Sortie de l'album « Live à Bercy »… Enregistré en studio ? Grosse tournée française… À travers le monde ? Tous les soirs, Garou change l'ordre de ses chansons. Comme il ne chante jamais deux fois dans la même ville, c'est utile. Imaginez une salle qui voit Garou à Prague un vendredi soir et qui dans la nuit prendrait le bus pour l'applaudir le lendemain à Séville !

En 2001, Garou s'endort au volant d'une Ferrari 348 Spider. Le nombre de gens qui s'endorment au volant d'une 348 Spider ! Contrairement à la Citroën Picasso qui est une sportive où il faut être extrêmement vigilant. Parfois, y a des trucs logiques : « Les deux ans passés dans la peau de Quasimodo m'ont plongé dans un célibat douloureux. » Plus bas, Hélène Ségara déclare : « Chez moi, on organisait des pyjama-parties. » On imagine le degré de solitude pour accepter une pyjama-partie chez Hélène Ségara. On termine par le meilleur, Richard Cocciante : « Garou est spontané, naturel, il chante comme il mange. » *(Imitation Garou, chanter en vomissant.)* « Belle ! / Écoute, merde, t'en as mis plein mon assiette ! » Sinon, on annonce la sortie d'un album entièrement en anglais et qui sera, pour l'occasion, chanté en français, c'est une première !

*Parfois, heureusement, il suffisait de recopier le CV de l'invité pour faire rire. Ça me permettait d'avoir une journée off, sortir, aller à la piscine, faire la sieste... Merci encore à Garou pour cette journée de repos.*

## VERONIQUE JANNOT

Alors là, vous allez assister à un naufrage, pas celui de Véronique, le mien. Pour la première fois, en 250 papiers, je n'ai trouvé aucune saloperie à écrire sur l'invité ! Pour le chroniqueur fouille-merde que je suis, la langue de pute, la vie de Véronique est un cauchemar absolu. Véronique n'est pas orpheline, très joli bébé de 3,7 kilos, aucune malformation congénitale, Véronique ne naît pas avec un pied-bot ou un bec de lièvre. Dès les premières secondes de son existence, Véronique a décidé de pourrir ma chronique.

Élevée dans les alpages sur les bords du lac d'Annecy... On se dit c'est une pub pour un fromage de chèvre, c'est la vie de Véronique... Le lac d'Annecy, délinquance zéro, aucune voiture incendiée, pas la moindre tournante : calme absolu ! Très peu de chutes d'ascenseur, pas le moindre bidet jeté par la fenêtre sur les forces de l'ordre, RIEN ! Une canne à pêche volée en trente-cinq ans, et encore, elle a été retrouvée ! « Véronique se baigne le matin dans les eaux claires du lac, virevolte dans les alpages pour cueillir des myrtilles sauvages. » C'est dans *Gala*, comme les myrtilles sont sauvages, si tu ne virevoltes pas, t'arrives pas à les cueillir. Adolescence heureuse et sportive, Véro pratique le ski, le cheval et l'aviron. On dirait un album de Caroline : *Caroline fait du ski*, *Caroline pêche*... Y a jamais : *Caroline se tape son moniteur*, *Caroline fume du hasch.* Le pauvre garçon qu'est sorti avec vous : « On se voit mercredi ? – Non, j'ai équitation. – Et samedi ? – J'ai aviron. – Dimanche ? – Dimanche, je virevolte pour cueillir des myrtilles. »

Gentille, souriante à la vie, aucun rôle de méchante, bien évidemment. Je suis sûr que, pendant la canicule, vous avez monté des packs d'eau à des vieux, avec une petite douceur en plus, une boîte de calissons ? Pas de caramels mous, après faut les emmener chez le dentiste, là aussi, Véro est volontaire ! Une presse dithyrambique : « Comédienne au grand cœur, quelqu'un de bien, mon rêve : vivre avec des dauphins. » Pas de chirurgie esthétique bien évidemment, vous êtes de plus en plus belle... L'art de faire chier ! Vous ne voulez pas vous taper Jean-Michel Jarre ? Juste un petit bécot ? Que la prochaine fois je puisse faire ma chronique ? Hein, mon petit lapin ? Jannot Lapin, oui, y avait un jeu de mots drôle, ç'aurait été dommage de ne pas le placer. Merci.

## SANDRINE KIBERLAIN

Sandrine, vous êtes née à Paris en 68... difficilement, les hanches bloquaient. On a dû tirer sur la tête... et le cou s'est allongé. Très longtemps, vos ennemis vous ont surnommée la Girafe. Des accidents de naissance fréquents : Dany Boon fut tiré par l'oreille. Stéphane Bern viendra normalement, mais ses parents refuseront le bébé. Un physique atypique, on vous a reproché votre taille, votre nez, vos taches de rousseur. Vous auriez pu tout refaire et ressembler à Ophélie Winter… Dommage ! La seule tentative d'opération du cou, c'est Marie-Antoinette… avec les séquelles qu'on connaît. Enfance heureuse à Saint-Mandé, aujourd'hui vous vivez dans le septième pour ceux que ça intéresse…

Vous ne fumez pas, vous buvez du thé, du coup vous faites pipi souvent, généralement dans le septième… Que des ingrédients pour écrire un excellent papier ! À quinze ans, vous entrez au cours Florent chez Francis Huster. C'est le type des « Assurances vertes » et, bah, il donne des cours… Si, si, si ! Heureusement, après, vous entrez chez Mesguish. Défaire le travail d'Huster, vous redonner confiance : « Tu n'es pas un girafeau, tu es la reine des girafes ! » Ce compliment vous décoince à vie ! Dès lors, vous osez tout ! Premier film avec Rochant, vous incarnez une prostituée avec un long cou. Très prisé dans le milieu du trottoir : quand les flics descendent, c'est la première qui avertit les copines. 95, rencontre avec Laetitia Masson et son film *En avoir ou pas ?*. Une question à laquelle Amanda Lear a répondu depuis longtemps. 97, vous remettez le couvert avec Laetitia dans *À vendre*. Sur l'affiche, votre visage défait par le plaisir, derrière vous : un homme… Visiblement, vous ne jouez pas aux cartes ! Période extrêmement chaude. Dans la presse, vous déclarez : « J'adore observer, je suis longtemps passive et, au moment de jouer, je me sers de tout ce que j'ai avalé. » Une phrase qu'on attribue à tort à Clara Morgane. Coup de téléphone affolé de Mesguish : « Je t'ai peut-être trop décoincée, refais un stage chez Huster ! » Fini les levrettes endiablées, place à la nouvelle Sandrine, marraine du Téléthon. La sulfureuse Kiberlain dans la peau d'une sainte ! Le contraire est très rare : on imagine mal sœur Emmanuelle couchée sur une table en position du missionnaire.

Kiberlain, marraine du Téléthon, pourquoi ? Le fait d'avoir vécu avec Vincent Lindon, un myopathe qui s'en est sorti, a-t-il joué ? Écrire cette phrase, en fin de chronique, si l'invité quitte la table, le papier est fait ! Voilà, Sandrine, vous vous demandez pourquoi tant de cruauté chez un garçon gentil, que vous avez connu, puisque j'ai joué dans *À vendre* ? Seulement voilà… Dans, la scène de lit que j'avais avec vous, on m'a demandé de manger des biscuits. Et des biscuits, je peux en bouffer tous les jours, d'où une certaine amertume… Je vous embrasse.

## FRANÇOIS LEOTARD

*Papier délicat à écrire. S'il s'agit de l'ancien François Léotard, le politique antipathique et arrogant, j'y vais à cœur joie. Seulement voilà, depuis la mort de son frère, François Léotard a radicalement changé : il a arrêté la politique, fait son autocritique et rendu dans son livre un vibrant hommage à son frère. Pour lui, l'acteur, longtemps considéré comme le vilain petit canard de la famille, était dans le vrai. Ç'aurait pu être une posture, un moyen de récupérer un peu de l'aura de ce frère défunt, mais non, tout dans l'attitude de François Léotard dégageait la sincérité et je ne regrette pas d'en avoir tenu compte. Il faut prendre en considération l'évolution des personnalités.*

François, il paraît que vous avez arrêté la politique ! Pour toujours ! Vous êtes marbré ! Ça vous plaisait pas, la politique ? Deux infarctus, cinq pontages, une mise en examen et un divorce… Le tout en quatre ans, c'est sympathique ! Vous voulez être artiste maintenant, vous écrivez ! Vous n'allez pas faire comme votre frère qui s'est emmerdé toute sa vie : des horaires de bureau, toujours à l'eau claire, couché à huit heures… L'œil vif, rasé de près, la raie sur le côté. Son costume Berteil, son attaché-case et son *Figaro* sous le bras. Philippe, chez les comédiens, c'était un sujet de plaisanterie permanent ! Un vrai fayot ! Combien de fois, on lui a dit : « Fais de la politique comme François ! Regarde comme il s'éclate ! Son look totalement déjanté ! » Vous avez lancé des modes, François… *(Un temps.)* Mon grand-père s'habillait comme vous !

Le Parti républicain, c'est des années de « ouf », ce qu'on appelait « la bande à Léo », en hommage à Léo Ferré. De grands déconneurs : Madelin, de Villiers… Beaucoup sont morts, évidemment ! Abus en tout genre, défonce, alcool, rock'n'roll, gonzesses ! Sur les capots des BX de fonction, ça y allait ! Faut pas oublier que le grand gourou de tous ces gars-là, c'est l'autre méga déconneur… Giscard d'Estaing… « Flambi Ier ». Quand tu parles aux gens qui ont connu cette époque, les gorges se serrent, ils te disent que jamais ils ne retrouveront un esprit de « teuf » pareil. De Villiers, c'est l'inventeur du Puy du Fou… Sorte de Woodstock puissance mille ! On se shoote à la cervoise, on attrape la fille du notable, en levrette sur les remparts ! Et puis après, c'est 93, la cohabitation. Là, j'ai dit : « STOP ! » Balladur était trop déjanté, trop punk : tapant la bise à tout le monde, relançant la mode du goitre en France… Les sorties de messe à Chamonix, le dimanche, avec Madame… C'était plus possible !

Mais c'est pas une raison pour arrêter la politique, mon Fifou ! Renoncer aux fausses factures, dire ce qu'on pense, s'arrêter au feu rouge avec les ploucs ! Vous n'y pensez pas ! Empêcher les gens de rouler… Et les narguer quand on prend les couloirs de bus… *(Faire un bras d'honneur.)* C'est quand même drôle. Parce que le problème, François, avec vos conneries de vouloir écrire, c'est que vous redevenez sympathique. Je les entends, les gens dans la rue : « Dis donc, François Léotard, il a changé ! » Et d'ici qu'on vous appelle Philippe comme votre frère, attention ! Bon, y a du chemin, mais vous progressez !

## ARIANE MASSENET

Ariane, comme la fusée… Mise en orbite décembre 65 à Pau. Beau bébé, trajectoire parfaite, études à Bordeaux, championne de javelot. Ariane V, une fois, ils l'ont lancée comme un javelot : au bout de quarante et une secondes… *(faire le geste d'une fusée qui tombe)* retour à l'envoyeur. C'étaient des Guyanais, c'est moins grave. Vous êtes fan de corrida, tout ce qui pique : banderille, javelot… Y a quelqu'un comme ça à la télé : un vrai moustique, des dents de lapin, une tête de fouine… Le roquet, qu'on l'appelle. Vous voyez qui je veux dire ? Il attaque les faibles et puis, dès qu'il y a un puissant, le roquet fait l'autruche ! Voyez qui je veux dire ? Revenons à vous, Ariane…

Présentatrice à RFO, France 3 Aquitaine, assistante de De Caunes, tout ça, on s'en fout ! Un passage chez Bouvard qui, avec vous, se conduit comme un goret. Invité chez le roquet, le goret laisse des plumes[1]… Pour un cochon, c'est rare. Septembre 2000, Ariane décolle… Vous co-présentez ONPP avec M.O.F. […] À la télé, on parle en sigles, pas le temps de faire des phrases : « Allô, M.O.F. ? B.H.L. a dit OK pour ONPP, je te laisse, je pars en RTT, RAS ? Tu te bises. » Trois ans d'idylle avec Marco, la presse vous baptise le cactus. En voiture, vous avez le droit à « Pétasse blonde de la télé » ou « Salope » ! L'automobiliste qui écoute « Les Grosses Têtes » a un raffinement naturel. L'émission évolue, vous vous libérez, changement de coiffure… On a connu ça, ici, aussi nous ! *(Coup d'œil à Bern.)*

Et puis, cet été, patatras, la nouvelle tombe… Marco vous remplace[2]. Classique pense-t-on, il prend une jeunette, une plus jolie, une plus fraîche. Eh bien, permettez-moi de vous dire que la nouvelle, enfin le nouveau… est beaucoup moins sexy que vous. Vous aviez pris un petit peu de poids vers la fin, c'est vrai, mais vous restez, quand même, bien mieux gaulée ! Je vais même vous dire… Vous avez posé nue avec Marco dans un magazine, je ne pense pas qu'il réitère l'expérience avec le nouveau. Soyez pas jalouse, pour l'instant c'est l'amour, il le gâte : l'autre a voulu un

1. Philippe Bouvard s'était fait malmener très sévèrement dans l'émission de Marc-Olivier Fogiel.

2. Septembre 2004, Guy Carlier prend la place d'Ariane Massenet.

bocal avec des poissons, il l'a eu ! Il y a des choses qui nous échappent. C'est Depardieu dans *Trop belle pour toi* qui préfère Balasko à Carole Bouquet, ça passe ! Il reviendra, soyez-en sûre, et là, aucun reproche ! Pas de phrases style : « Alors, tu l'as laissée tomber, ta morue, on ne m'offre pas un bocal à moi ! » Classe, classe ! Une fille comme vous, je ne me fais aucun souci.

## JEAN - BAPTISTE MAUNIER

*Les enfants : clients extrêmement difficiles. Il faut les prendre avec des pincettes. Si vous les bousculez sans précaution, si vous les chambrez un peu trop fort : vous devenez immédiatement antipathique. Less gens diront : « Regarde ce salaud de chroniqueur, avec toute son expérience, il s'en prend à un gosse ! » J'ai rencontré cette difficulté avec Jules Sitruk, avec Priscilla... Quoique... Priscilla est un mauvais exemple. Si l'enfant chante comme une casserole, il passe directement en catégorie adulte, responsable de ses actes, et là tout devient, à nouveau, possible !*

Jean-Baptiste, j'ai fait mon papier sur vous. C'est bien de détruire un enfant, ça rend populaire. « T'as vu Guillon, il a tapé sur le p'tit Maunier, quinze ans à peine ! L'an passé, c'était Priscilla, quatorze ans ! Quand c'est pas des mômes, il s'attaque aux vieillards : M. Orlando, quatre-vingt-sept ans. L'ordure ! » L'an passé, j'avais pas voulu vous détruire, Jean-Bapt : trop frais. Mais, depuis un certain temps, vous faites le beau dans les magazines, je vous ai vu aux Césars, aux

Oscars, aux Restos du Cœur, je me suis dit : « C'est bon, il est mûr ! »

Enfant star, faut agir très vite. Si on ne fait rien maintenant, vous finirez comme Brigitte Fossey. Je vous fais peur, c'est volontaire ! Un enfant aux Restos du Cœur… Je sais bien que ça fait un copain à Mimie Mathy, mais quand même ! Vous faites que des trucs caritatifs : un disque pour le tsunami, un film avec Annie Girardot… Girardot ? Ça doit être pour la canicule ! À côté de ça, vous délaissez vos études : « Jean-Baptiste a manqué l'école et ses résultats s'en ressentent. » Déclaration de papa dans *Gala*. « Jean-Bapt, tu sais ce que je pense de tes résultats scolaires ? – Non papa. – Et bah, achète *Gala*, c'est dedans ! »

Jean-Baptiste, vous êtes né à Brignoles en décembre 90, vous aimez le skate, le vélo, Harry Potter et le groupe Kyo… Ça, c'est une erreur de jeunesse, ça passera. Vous possédez deux mygales. La prochaine fois que vous irez aux Restos du Cœur, glissez-en une dans le slip de Lorie. Vous avez l'âge pour le faire et moi, ça me fera plaisir ! Jean-Baptiste, superstar : « À la sortie des concerts, il est obligé de sortir caché sous une cagoule ! » Attention aux similitudes : vous avez commencé très jeune, vous sortez cagoulé. N'allez pas dormir dans un caisson à oxygène. Si Liz Taylor vous invite, refusez, hein, Bambi ! Une gloire éphémère : dans deux ans, votre voix aura mué. Ça, c'est terrible : Amanda Lear a fait partie d'une chorale… Dès qu'elle s'est rasée : c'était terminé !

Alors, une polémique, Jean-Baptiste, autour de la magie des *Choristes*, il paraît que les enfants de la chorale de Saint-Marc veulent être payés. Neuf millions d'entrées au cinoche, un million cinq de CD vendus… Ils veulent leur part du gâteau. 50 euros par concert, ça leur suffit pas, les petits merdeux ! Il paraît qu'en tant qu'interprètes, ils ont le droit entre 8 et 10 % des ventes ! Attends ! Quand on a douze ans, aller sur un plateau télé et serrer la main à Michel Drucker, c'est quand même la plus belle des récompenses. Jacques Perrin, le producteur, s'indigne, il a raison ! Aucun canard dans *Le Peuple migrateur* n'a voulu être payé ! *La Marche de l'empereur*, pareil, les manchots n'ont rien demandé ! *(Un temps.)* Tendre la main leur est difficile. J'espère, Jean-Bapt, que la magie des *Choristes* n'est pas brisée. À *Télérama*, on ne s'en remettrait pas ! Salut.

## TONY PARKER

Tony n'est pas venu l'an passé, c'était Adriana Karembeu… Vous êtes nombreux à les confondre. Aussi grande mais moins futée… Plus blonde, si vous préférez. Et puis Adriana sur un terrain de basket, tout de suite, on se retrouve avec trois ballons. *(Mimer des seins.)* Tony : 1,86 mètre. C'est tout petit pour un basketteur. La moyenne est à 2,20 mètres. Pour vous donner une idée, Mimie Mathy, qui a fait du basket à l'école, avait le même point de vue que Tony face à ses adversaires. Le basket qui sera aux Jeux paralympiques pour handicapés avec un système de trampoline pour accéder au panier – si l'athlète rentre avec le ballon, le point compte double. Tony Parker, « Tipi » comme on vous appelle aux États-Unis, « Tipi » en langage des signes… *(mettre les mains en forme de tipi)*, je traduis pour nos amis malentendants de plus en plus nombreux à nous écouter.

Tony, vous êtes fils de basketteur. Dès votre naissance, papa vous attrape et hop ! Un interne a été chercher une échelle pour vous décrocher. Chez les Parker, toutes les chaussettes sont planquées au-dessus des armoires, c'est un réflexe : un truc traîne, et hop ! À savoir qu'un Noir américain qui a les bras levés, s'il ne joue pas au basket, c'est qu'il est contrôlé par la police ! J'en profite pour saluer Bush, toujours en langage des signes… *(Faire un bras d'honneur.)* C'est fait ! Votre mère est naturopathe ; en anglais, on place l'adjectif avant le nom. Naturopathe, en français : elle aime les pâtes nature… Et on s'en colle ! Papier extrêmement intéressant, c'est la rentrée, on prend ses marques : le ballon finit dans les gradins. Je ne vous connaissais pas, Tony, on m'a dit : « C'est normal, le basket américain, c'est la nuit sur Canal, pour connaître Tony, lève-toi ! » Alors, j'ai bien vu un type, Rocco qui s'appelait, un cousin à vous ? Très déshabillé, une histoire de panier, terrain hyperglissant ? Là aussi, on est sur des grandes tailles, c'est du XXL. J'ai pensé à Stéphane Bern, dans ce genre de production, c'est le Tony Parker local. Voilà, c'était un papier sur le basket, premier lancer franc de l'année. Merci !

## FABIEN PELOUS

*Je ne sais pas pourquoi. Personne au sein de l'émission n'a jamais su pourquoi. En trois ans d'émission, nous avons reçu une pléiade de rugbymen : sept au total ! Parallèlement, aucun footbal-*

*leur en activité. Pourquoi une telle obsession ? Était-ce lié au calendrier très déshabillé des joueurs du Stade français, splendides athlètes masquant leurs parties génitales à l'aide d'un ballon ? Non, trois fois non ! Stéphane Bern collectionne aussi les calendriers de chatons, de vaches laitières et d'étiquettes de camembert. Si, pour mon premier rugbyman, j'ai réussi à écrire un papier quelque peu ludique sur le monde irrésistible de l'ovalie, les fois suivantes et notamment la septième, je suis entré dans un état second, assez proche de la crise de nerfs.*

*(Très fort accent du Sud-Ouest.)* Mesdames, mesdemoiselles, messieurs, bonjour ! Bienvenue à « 20 h 10 pétantes », enceinte du divertissement populaire, amphithéâtre de la déconne et du mot, où Stéphane Guillon, chroniqueur, mouche du coche, poil à gratter s'il en est, s'apprête à faire son septième, je dis bien septième portrait d'un rugbyman depuis septembre 2003.

Je crois, Roger, que c'est un record, on peut parler de record ! Tout à fait, Pierre, d'abord une météo très clémente aujourd'hui, il fait beau et c'est tant mieux, puisque l'émission est enregistrée en… studio. Comment, comment, vous l'avez dit, torcher sept papiers humoristiques sur le rugby quand un seul, déjà, est un exploit ! Et je peux vous dire que lorsqu'il a appris la sélection de Pelous sur cette émission, le chroniqueur Stéphane Guillon a fait un bras d'honneur à la direction de Canal. *(Faire le geste face caméra.)* Un geste qui est parti de très loin pour remonter vers l'horizon. On revoit ce mouvement au ralenti, on ne se lasse pas… Une maîtrise parfaite… Et je crois que c'est toute la direction de

Canal qui est visée, très, très belle technique. Alors, une question, Roger, est sur toutes les lèvres : pourquoi Stéphane Guillon n'a pas fait le portrait de Bonnie Tyler, joueur du pays de Galles, surnommé « la Crinière blonde ». Un physique de demi d'ouverture, une voix très rauque suite à une opération qui a mal tourné en 76. Oui, Pierre, et une pensée émue au pilier de Narbonne, qui est, comme chacun sait, le sobriquet d'Amanda Lear. Amanda, qui n'a pas posé dans le calendrier du Stade français et pourtant, dieu sait si elle avait sa place ! Tout à fait, Roger, Pelous qui, lui aussi, a refusé d'être dans le célèbre calendrier… Pelous, brouteur de gazon comme son nom l'indique, dévoreur de foufoune, ne mange pas de ce pain-là !

Mais le temps nous manque, nous rendons l'antenne… Pas celle d'Amanda, l'autre… Ah, ah ! On rigole, on rigole dans le monde de l'ovalie. Nous rendons l'antenne, émission plus courte, car il y a du foot. Du foot… *(Faire un bras d'honneur.)* Magnifique geste, on ne s'en lasse pas ! Un geste qui pourrait coûter sa place à Stéphane Guillon, mais il sort avec le panache et ça, le panache, Roger, ça n'a pas de prix !

## CAROLINE PIGOZZI

*Caroline Pigozzi avait été reçue par Jean-Paul II à plusieurs reprises en tant que journaliste. Après la mort du Saint-Père, elle sort un livre sulfureux et controversé intitulé* Jean Paul II intime. *Si je voulais être méchant et là, ça me demande un véritable effort, imaginez que le journal* Voici *se mette à écrire un livre sur le pape.*

Alors, un livre extrêmement chaud ce soir : *Jean-Paul II intime* ! Que se passait-il, le soir, sur les cuirs blancs et rembourrés de la papa-mobile ? Ou le matin, dès 5 heures, dans les appartements privés du troisième ? Qui était, je vous cite, sœur Emilia, cette nonne mystérieuse et privilégiée aux côtés du pape ? Excusez-moi… *(S'essuyer les tempes avec un mouchoir.)* Je demanderai aux parents de bien vouloir retirer les plus jeunes du téléviseur. Une émission que j'aurais souhaitée cryptée.

Un Jean-Paul II extrêmement coquet : une trentaine de soutanes de chez *Annibale Gammarelli* : pure laine en hiver, coton et soie en été. Latex et cuir pour la Saint Valentin. Fétichiste, fan de boutons de manchette, mocassins fabriqués à Turin, plusieurs bagouzes, dont une offerte par Paul VI dans des circonstances qu'on préfère ignorer… *(S'éponger de nouveau ou se signer.)* JP était entouré de femmes… Sœur Mathilda s'occupait des vêtements. Sœur Fernanda : du ménage. Une façon de se baisser pour faire les poussières… « Quand je vois Fernanda », on connaît la chanson ! Sœur Germana : de la cuisine. Des plats très fins, épicés depuis l'arrivée de Jean-Paul au Vatican. Miss Mathilda lui faisait régulièrement les mains et Antonio *(très efféminé),* le coiffeur barbier du Vatican, lui coupait les cheveux à domicile. « Très Saint-Père, je souhaiterais stimuler votre bulbe capillaire, avec une crème à base de fœtus de mouton, parce que, à cause de la calotte, vous avez tendance à vous dégarnir. On dirait une pub pour Chaussée aux moines, c'est affreux. »

Également, un passage sur le pape et la bouffe. « Sœur Germana sert des plats polonais : soupe, tripes au basilic, oignons, côtelettes de porc, tartes aux épinards, fromages forts. » Après, tu donnes la confession, y'a un mort ! La bière toujours modérément… C'est la version officielle. Plus loin, y'a marqué : « Chant polonais à table. » Encore plus loin : Dans sa jeunesse, Karol fut inscrit dans un cercle anti-alcoolique. Avec Liz Taylor ?

Journée type du pape. Lever 5 h 30. Prière dans sa chapelle privée. Le pape s'agenouille et s'allonge de tout son long. À mon avis, il roupille de nouveau. 8 h 15 : petit déj', jusqu'à 9 h 30 ! Œufs brouillés, jambon, fromage, rosette. Faut avoir la santé, Jean-Paul Ier avait tenu un mois ! Après, le pape s'habille. Choisir la bonne soutane, y en a trente, compter deux heures. Travail… Ah, quand même ! Déjeuner vers 14 heures, pas d'heure précise, il s'en fout. Puis une heure de sieste. Le gars, il a déjà roupillé à la chapelle, il remet ça. Bon, après, il y a des choses qu'on ne peut pas dire en télévision. Jean-Paul II était fugueur. Le 4 avril 2000, il s'échappe de Rome en cachette à bord d'une BMW noire, vitres fumées. Faudrait cuisiner sœur Emilia… Soi-disant attachée à la bibliothèque. Menottée peut-être ? En tout cas, les parents, quand vous l'aurez lu… rangez-le discrètement dans un tiroir… Y'a un âge pour tout.

## RAPHAËL

*Je n'avais pas la moindre inspiration pour ce portrait, pas d'angle, pas d'accroche… rien ! Cela m'était déjà arrivé de sécher des heures face à une feuille blanche, d'appeler désespéré ma production (je fais ça très bien) pour leur dire que, cette fois-ci, c'était sûr, je n'y arriverais pas et qu'il fallait songer à me remplacer. Raphaël que je connais n'a aucune responsabilité dans cet échec, je n'ai rien contre les beaux gosses à guitare, du moment qu'ils n'en jouent pas à ma copine les soirs de pleine lune...*

*Pour être tout à fait honnête, j'ai été confronté une deuxième fois à ce problème mais en pire : pour Mathilda May à France Inter, j'ai rendu copie blanche. Y a-t-il une corrélation entre Raphaël et Mathilda May ? Un chroniqueur qui bloque sur Raphaël bloquera-t-il forcément sur Mathilda ? Ce serait passionnant d'avoir l'avis de Gérard Miller.*

J'ai écrit un papier sur Raphaël... Très chiant. J'annonce la couleur d'entrée, comme ça il n'y aura pas de déçus. En même temps, j'ai conscience que, sur Raphaël, y'avait pas une attente folle ! C'est pas Francis Lalanne, on ne se dit pas : « Il va y avoir un mort ! » Le papier va s'écouler gentiment et puis demain est un autre jour, on aura peut-être Mireille Mathieu, vivons d'espoir ! J'aurais pu ne pas venir, mais c'est bien aussi de voir un chroniqueur se ramasser, c'est un peu les coulisses de l'émission, y a un côté téléréalité sympathique. Et puis, hier, j'ai écrit un papier hilarant... Donc, ce soir, je récupère.

Raphaël est né à Boulogne, cette émission étant enregistrée à Boulogne... Il est venu quasiment directement. *(Un temps.)* Il y a quelques tentatives de vannes totalement désespérées, c'est obligatoire. Comme disait

Coubertin : « L'important, c'est de participer. ». Raphaël est né le 7 novembre 75, ce jour-là, *Cousin-cousine* sort au cinéma, Pasolini est assassiné, la France dépasse le million de chômeurs. Une « Chronique du XX$^{e}$ siècle », quand vous avez un papier à écrire, c'est très pratique. *(La poser sur la table.)* Ça peut même servir de presse-papiers, c'est très bien. Enfant, Raphaël voulait être David Bowie le lundi, tennisman le mardi… Le mercredi, on ne sait pas ! Michael Jackson, peut-être ? C'est le jour des enfants. Ça, c'est un classique, ça meuble. Avant la fin, y'aura une plaisanterie sur Évelyne Thomas.

À vingt-quatre ans, Raphaël signe un premier album rock : « Hôtel de l'Univers » *(Un temps.)* Si vous avez une vanne sur « Hôtel de l'Univers », écrivez-moi, je suis preneur. Vous pouvez aussi aller boire une bière ou sortir le chien. Là, je suis à mi-papier. Ça paraît long, mais quand on s'ennuie, c'est toujours comme ça. Raphaël, ses chanteurs préférés : Carla Bruni, « D'une désarmante beauté ». C'est exactement ce que j'ai dit en écoutant son disque : « Physiquement, c'est très bien ! » Delerm : « C'est démago », dites-vous. Et puis, physiquement, il n'est pas d'une désarmante beauté. Protecteur dans le métier : Gérard Manset. Moi, c'est Stéphane Bern. Là, il me protège, il sent que mon papier part en sucette et il a ce sourire *Point de Vue – Images du Monde* que j'aime tant.

Vos amis vous qualifient de très urbain, très fragile, vous avancez avec un masque. Évelyne Thomas aussi. *(Gonfler les joues.)* C'est maintenant la vanne sur Évelyne Thomas. Vous auriez dû sortir le chien. Il y en a qui guettent une amélioration, c'est humain. Est-ce qu'il osera aller jusqu'au bout en ayant l'air de s'en foutre ? On aurait dû mettre une animation, un bocal avec des poissons, on s'embêterait moins. Pourquoi ont-ils mis une baleine dans le bocal ? me dit mon fils. Les enfants sont facétieux ! « Raphaël a le nez bouché depuis cinq ans à cause d'une allergie. » Information *Marie-Claire*. Là, il y avait certainement un truc très drôle à trouver, mais si je fais une bonne vanne maintenant, on va se dire : « Pourquoi, il ne l'a pas faite avant ? » Soyons régulier dans la médiocrité. À demain… Demain, c'est très drôle.

## FREDERIC TADDEÏ

*Là, j'ai fait une petite entorse au règlement, j'ai laissé transparaître ma sympathie pour Frédéric Taddeï. Et, résultat des courses, il était déçu. Je le croise plus tard et, goguenard, il me balance : « T'as été trop gentil, t'aurais dû y aller plus fort, etc. » Peut-être était-ce une posture ? Je me souviens d'un Palmade très angoissé à l'idée de mon papier. Ma production m'avait averti et, docile, j'avais été bon camarade. À la fin du portrait, Palmade, totalement régénéré, s'était écrié : « Même pas mal ! »*

Pour connaître Frédéric, avoir « Paris Première » et encore ! Comme Frédéric interviewe ses invités planqué derrière une caméra, très peu connaissent son visage. « Paris Dernière », c'est l'émission où la voiture va à toute berzingue dans Paname la nuit et, de temps en temps, on entend le bruit sourd d'une vieille, d'un cycliste, parfois d'une voiture d'enfants sur le pare-chocs. C'est assez rare, passé minuit, les bébés sortent peu. Ou alors, ce sont des enfants qui font la quête sur les Champs-Élysées : avec le bruit de la poussette, celui des pièces.

Pour compléter le tableau, Taddeï fume et picole avant de prendre le volant. Pour cette raison, la séquence sexy, qui conclut l'émission, est toujours floue, impossible de faire la mise au point. Ça donne un style : l'impression d'être myope et d'avoir oublié ses lunettes pour partouzer. Taddeï : animal nocturne, vit planqué, se moque du vedettariat, ose prononcer des phrases terribles, style : « Je ne souhaite pas avoir ma photo dans *Télé 7 jours*. » Marié à une femme dont il est très amoureux, un fils. Aucune chance de voir Fredo dans *Voici*, rouler une pelle à Ophélie Winter. En revanche, si elle traverse la nuit dans Paris, il y a des chances pour qu'il accélère. Sur la tôle de la voiture, un bruit flasque de silicone, collagène, plastique, boulons, etc. Taddeï, très porté sur la bagatelle, tableau culte : « Jeune vierge autosodomisée par sa propre chasteté ». L'autofellation, on connaissait… Pratique préféré des contorsionnistes. L'autosodomie : beaucoup plus dure.

Toujours en retrait, Frédéric serait prêt à animer une seconde partie de soirée, « Mais je le ferais par-derrière, quelle que soit la tranche horaire, ça se passera par-derrière ! ». Mesdemoiselles, vous voilà prévenues. « T'as couché avec Taddeï, c'était comment ? – Je ne l'ai pas vu : il reste derrière toi, tu l'entends, ta vue se brouille et tu décolles ! » Voilà, je disparais à mon tour, l'école Taddeï fait des émules ! Conclusion : Quand certains confondent la télé avec une double page de *Paris Match*, quand Fogiel démarre son émission par une interview de Roland Giraud sur le meurtre de sa fille, Taddeï, avec son éthique, sa classe et son bon goût, nous réconcilie avec le petit écran. Un type qui étire ses nuits pour ensoleiller nos jours, avouez quand même que c'est balaise. Merci[1] !

## KOFI YAMGNANE

Monsieur et Madame Shop ont un fils, comment l'appellent-ils ? Kofi ! Kofi Shop (prononcer Coffee Shop). C'est lamentable, il fallait bien démarrer ce papier. Kofi, naissance au Togo à Bassar. Bassar, ça veut dire « Brassards » : le Togolais ne prononce pas les « r ». « Mets tes "bassards", mon fils, tu vas te noyer ! » Envoyer cette plaisanterie à « SOS Racisme », voir si elle passe.

Kofi, naissance au Togo, arrivée en Bretagne à vingt ans. Choc thermique 50 degrés. Si Kofi retourne au Togo, ça peut le tuer. Il a été congelé une fois, faut pas le décongeler. Naturalisé français en 75, adhère au PS en 83… Deuxième choc thermique ! Maire de Saint-Coulitz en 89. Des journalistes américains vous interviewent pour comprendre comment un Noir peut être élu exclusivement par des Blancs ? Après l'élection de Bush, on n'a envoyé personne : un con élu par une majorité de cons, rien d'anormal.

Beaucoup d'humour, Kofi, vous avez déclaré : « Je suis un Breton d'après la marée noir. » Maintenant que Dieudonné est au chômage, on compte sur vous ! Kofi,

1. Complimenter l'invité qui est en plateau tout en en égratignant un autre, technique très reposante : comme il est moins éprouvant de taper sur un absent, on déstresse, sans pour autant renoncer à être méchant.

vous vouliez être président du Togo. Vous venez de renoncer, dommage ! Un Breton président du Togo, ç'aurait eu de la gueule : tout le monde en marinière, ciré et bottes jaunes. Barbe et pipe obligatoire pour les hommes. Coiffe pour les femmes. Plat traditionnel : crêpes et moules-frites. Construire des ronds-points tous les 50 mètres. Ça distrait les vaches, ça occupe Jean-Pierre Pernaut. Supprimer les cacaotiers pour planter des artichauts. Quand ils sont mûrs, les déverser directement sur la nationale. Tous les six mois : démonter un MacDo, prévoir un José Bové local à moustaches. Tous les cinq ans : une marée noire. Dans le rôle de Dominique Voynet, prendre une humoriste togolaise pour déclarer : « Ce n'est pas une catastrophe écologique ! »

Le Togo breton, c'était une belle idée, dommage ! Cela dit, la Bretagne est une démocratie… Le Togolais aurait eu du mal. Si on te pique ton paquet de galettes Saint-Michel, tu ne peux pas découper ton voisin à la machette. Il faut discuter. La situation au Togo n'est pas désespérée : Eyadéma, dictateur sanguinaire, vient de mourir. Il est remplacé par son fils, Eyadéma junior, très copain avec l'armée. Il fait la pluie et le beau temps. Les Bretons vont être ravis. Si vous n'êtes pas d'accord, il connaît deux-trois danses folkloriques de son cru : une électrode sur chaque testicule, vous pigez les pas très vite !

## UNE RECONNAISSANCE DE DERNIERE MINUTE !

*Je viens de finir les corrections du deuxième tome de mes chroniques, je m'apprête à les porter chez mon éditeur, je sors dehors faire quelques pas, je réfléchis une dernière fois : Ai-je bien tout dit dans ces petits commentaires ? Ai-je évité l'écueil du genre, parler de son propre travail sans paraître complaisant ou prétentieux ? J'ai balancé quelques vérités au passage, ma liste de copains va-t-elle s'allonger ?*

*Toutes ces réflexions en tête, j'arrive à ma boîte aux lettres et là une grosse enveloppe kraft attire mon attention, je l'ouvre, à l'intérieur un paquet de vieilles photos, c'est moi il y a vingt ans, jeune comédien. Qui peut bien m'envoyer ça ? Je ne comprends pas. Ces photos me foutent le cafard, elles me ramènent à toutes ces années difficiles, d'espoirs déçus. Aujourd'hui, tout est plus facile, on me propose même des choses au cinéma et, paradoxalement, je dois ce nouveau statut à tous ces portraits vachards que je tiens là dans ma main gauche. Dans mon autre main les photos : le Guillon gentil, sourire du jeune premier prêt à travailler, tellement prêt... qu'il ne travaille pas !*

*Qui m'envoie ces photos ? Une carte de visite les accompagne, je la lis : « J'ai retrouvé ces photos dans le fond d'un tiroir, j'ai eu envie de les déchirer, mais vu le prix que cela coûte, j'ai la faiblesse de te les envoyer. ». Signé : Dominique Besnehard. Le pape des agents parisiens, dont j'ai eu le malheur d'égratigner certains clients dont Orlando, Sylvie Vartan et Béatrice Dalle. C'est drôle, ce geste me blesse : ces photos de moi jeune, que j'avais (il a raison) eu beaucoup de mal à m'offrir, envoyées à Besnehard pour qu'il me fasse travailler, renvoyées vingt ans plus tard comme si je n'étais toujours pas légitime.*

*Rassurez-vous, cela m'a chagriné trente secondes, quand j'ai compris que je tenais là une conclusion formidable j'ai sauté de joie. Puisque ce livre se penche sur tous les à-côtés d'un travail d'écriture et notamment sur ses répercussions, cette petite carte pleine de fiel est une aubaine. Imaginez : deux ans et demi après l'épisode Orlando, la diva des agents parisiens, celui qui pendant un quart de siècle a casté la majorité des films français prend la peine de m'écrire, quelle reconnaissance ! Voyez-vous, cela me fait presque aussi plaisir que le compliment de Dustin Hoffman…*

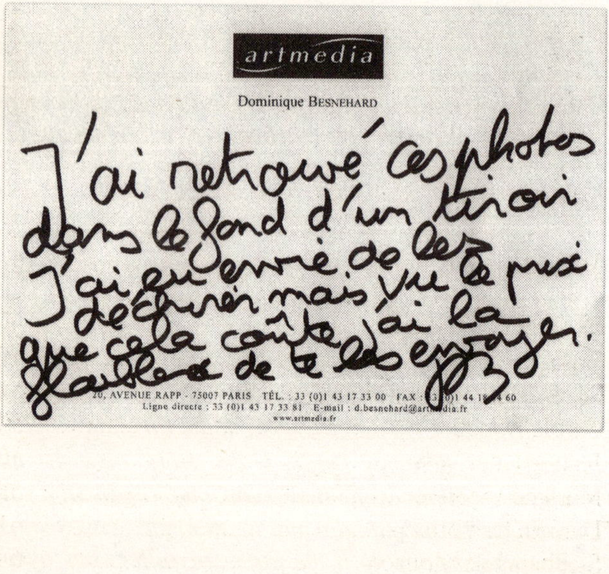
artmedia

Dominique BESNEHARD

J'ai retrouvé ces photos
dans le fond d'un tiroir
J'ai eu envie de les
déchirer mais vu le prix
que cela coûte j'ai la
faiblesse de te les envoyer.
DB

20, AVENUE RAPP - 75007 PARIS TÉL. : 33 (0)1 43 17 33 00 FAX : 3[illegible](0)1 44 18 [illegible]4 60
Ligne directe : 33 (0)1 43 17 33 81 E-mail : d.besnehard@artmedia.fr
www.artmedia.fr

# TABLE

*Vous noterez que certaines vedettes peuvent appartenir à deux catégories. Exemple : Francis Lalanne, classé dans les « Originaux », qui pourrait très bien figurer dans les « Anciennes Gloires »... Toi même, lecteur, imagine ton propre classement et envoie-moi tes suggestions* !

# REMERCIEMENTS

*Merci à Muriel Cousin pour son aide dans le choix des textes et dans la rédaction des commentaires, toute l'attention dont elle a fait part, mélange subtil d'intelligence et de chaleur humaine.*

RÉALISATION : NORD COMPO MULTIMÉDIA À VILLENEUVE D'ASCQ
IMPRESSION : CPI BRODARD ET TAUPIN À LA FLÈCHE
DÉPÔT LÉGAL : MARS 2009. N° 99643-7 (55816)
IMPRIMÉ EN FRANCE